# Tempêtes et brouillards

Du même auteur :

*Rosa dolorosa*,
Éditions de La Martinière, 2020
Le Livre de poche, 2022

Prix Les Rendez-vous du 1er Roman
– Lectures Plurielles (Québec) ;
Lauréat du Festival du 1er roman de Chambéry ;
Prix Saint-Maur en poche de littérature française ;
Prix de la Librairie Saint-Pierre ;
Prix du Festival de la Saussaye ;
Prix du salon La Ruche des mots

Caroline
Dorka-Fenech

# Tempêtes et brouillards

roman

Éditions
de La Martinière

ISBN 978-2-7324-9765-5

## Note de l'autrice

Je ne nie pas m'être inspirée des conversations téléphoniques qui m'ont liée et déliée à mon père, mort le 16 mai 2019 à Nice et mis en terre à Marrakech selon sa volonté. Mais écrire c'est aussi partir à la découverte de ce qui, en soi, n'est pas seulement soi. C'est s'effacer. Accueillir l'anonyme. *Je* est ici l'entrée d'un labyrinthe où s'entremêlent les souvenirs, les recherches, les questionnements, les inventions et les mythes.

*Pour l'enfant*

# PROLOGUE

On imagine une lande déserte, avec des yeux qui saignent, énucléés.
Ce sont les yeux de l'homme qui n'en a plus besoin, car il ignore où il va.
À l'orée de son errance, il croise trois vagabonds.
Acte IV, scène III, l'un d'eux est le roi Lear.
Une couronne d'orties orne sa tête, plutôt qu'un diadème d'or.
Jadis il a déshérité sa petite dernière, son enfant préférée.
Jadis il a légué son royaume à ses deux autres filles, jugées plus affectueuses.
Jadis il a cru pouvoir habiter ses anciens châteaux jusqu'à sa mort.
Mais les héritières l'ont banni.
Et le voici, roi déchu, vêtu de regrets, perclus de loques.
Incapable de comprendre les raisons de tant d'ingratitude.

Le voici, qui délire.

L'aveugle s'en approche.

Sur sa route de nuit, il s'émeut de reconnaître la voix de son seigneur.

Il s'émeut, d'entendre sa démence.

« *Le roi est fou,* dit Gloucester. *Tandis que je reste debout et que je garde une conscience aiguë de mes immenses chagrins. Mieux vaudrait que je sois aliéné moi aussi. Mes pensées seraient séparées de mes souffrances, et mes malheurs, par fausse imagination, perdraient connaissance d'eux-mêmes.* »

Peut-on invoquer la folie pour déjouer la douleur ?

Je tente d'imaginer cette lande particulière où mon père a erré, réfugié dans son lointain royaume.

Je suis sa dernière fille et, bien avant de mourir, il m'avait déshéritée lui aussi.

Peut-être était-il malheureux.

Je ne crois pas qu'il était fou.

## 1

## LE DÉPART

*Hiver 2005.*

Un désir de roman m'avait réveillée avant l'aube et j'avais commencé à écrire, pendant des heures obscures, à lutter pour trouver un sens à l'informité de mes idées. L'incipit me résistait. Cent fois effacés, cent fois récrits, les mots *enfant*, *mère* et *absence* se blessaient dans la même phrase, lorsque mon père téléphona.

« Je déménage, Carina, m'annonça-t-il. J'ai revendu mon appartement. Mes affaires seront transportées par bateau. Ça va me coûter cher mais j'ai comparé les prix. J'ai calculé. Tout est réglé. Je pars vivre à Marrakech. Je quitte la France. Tu prendras l'avion pour venir me voir. Il y a régulièrement des promotions sur les vols. Ce ne sera pas compliqué. »

Il avait détaillé sa décision comme on évoque une escapade anecdotique, des petites vacances.

Nous n'habitions plus la même ville depuis qu'il avait pris sa retraite. Il s'était retiré à Amiens, j'étais restée à Paris, nous avions pris l'habitude de nous téléphoner une heure par semaine, tel était notre rythme. Il interrogeait ma vie, je critiquais la sienne, il déplorait mon manque de cupidité, et en général il s'échinait à vouloir me convaincre que l'ultralibéralisme sauverait la France, son antisocialisme s'attisant jusqu'à l'irriter de devoir payer des impôts qui ne servaient qu'à entretenir des feignants. Enfin nous raccrochions, fâchés, prêts à rompre le rituel de nos échanges, jusqu'à l'appel suivant.

Son départ pour le Maroc, je n'y accordais aucun crédit.

Ce n'était pas la première fois qu'il parlait de s'expatrier. Mais il avait toujours formulé cette envie sans conviction, me semblait-il, du bout des lèvres, comme on récite une liste de rêves, la nuit, à son oreiller intime, je naviguerai autour du monde, j'escaladerai un volcan, je me baignerai dans un lac de glace. Selon moi, il affabulait. Il assénait qu'il était déterminé, cette fois, qu'il allait partir, s'envoler, j'entendais sa voix médium à l'autre bout du fil, son léger accent pied-noir qui s'accentuait dans les aigus quand il s'échauffait, je pars au Maroc, je vais finir ma vie là-bas, je me représentais sa barbe grisonnante taillée court, nez en pointe, incisives jaunes, crâne chauve parsemé de lentigos, on racontait qu'il avait été beau, jeune, pourtant son visage me répugnait autant que le masque d'un monstre, je pensais à ses lèvres et des visions de vipères venaient, j'étais persuadée que son projet de quitter la France n'était qu'une lubie dictée par son ennui de vivre seul, par l'amertume d'avoir trois enfants trop distants. Convaincue que son discours était un leurre, qu'il ne servait qu'à ravitailler nos fâcheries, que mon père me testait uniquement pour que je le contredise.

– Au Maroc ?

– Oui, Carina, au Maroc.

Bien sûr, sa destination n'avait pas été choisie au hasard. Il était né au Maroc. Il avait grandi à Casablanca avant d'être rapatrié en France en 1956, à l'âge de seize ans, avec sa famille, quelques mois après la proclamation de l'indépendance. Mais en dehors des pâtisseries arabes qu'il nous avait achetées chaque dimanche, toute mon enfance, makrouts, montecaos, zlabias, enrobant nos palais de figues, d'amandes et de miel plutôt que de nous offrir le voyage, son pays natal avait eu si peu de présence dans notre vie que je m'étais figuré qu'il avait préféré l'oublier, au point qu'il n'y avait jamais remis les pieds – jusqu'à ce qu'il décide d'y retourner et de s'y installer, cinquante ans après avoir dû le quitter, donnant l'impression qu'il se préparait à accomplir, pour la première fois de sa vie, un acte d'une absolue certitude.

– C'est à cause de ton cancer ?

– Ça a joué.

– Tu as eu peur de mourir, papa. Tu as remis ta vie en question. C'est très classique. Mais maintenant tu es guéri. Les médecins ont dit que tu étais en rémission. Tu n'as pas besoin de prendre une décision aussi…

– J'ai soixante-six ans. Mon père est mort à soixante.

– Tu vas vraiment partir ?

– Dans deux mois.

Je dus me lever. Quitter mon bureau, rejoindre le coin cuisine de mon studio, me préparer un nouveau café, me tenir debout, marcher, bouger, mesurer ce que cela représentait d'avoir un père qui déménageait, partait, s'expatriait, qui dorénavant respirerait *là-bas*. Mon choc, difficile à décrypter. Nous correspondions déjà par téléphone et par mail : pourquoi son déménagement devrait-il détériorer notre lien ? Mais désormais deux mille cinq cents kilomètres nous sépareraient et mon corps de trente ans réagissait, mâchoire, dos, ventre, se raidissait, m'empêchant de me rasseoir, tandis que, à travers la vitre du vasistas de mon unique pièce à vivre, un soleil hivernal fou faisait cligner sur les toits des immeubles en zinc des éclats aveuglants, pareils à des yeux sorciers cherchant à prédire mon prochain effondrement. Alors tout un diaporama de paysages marocains saturés de débris s'empara de ma mémoire. Routes défoncées. Immeubles effrités. Hôpitaux déclassés. Hommes mendiants. Enfants mendiants. Femmes mendiantes. Chiens galeux hurlant à la nuit. Crainte de la rage. Crainte du choléra. Pourquoi un homme de l'âge de mon père, en rémission de son cancer, nécessitant un suivi médical régulier, avait-il envie de vivre *là-bas* ?

– Ce n'est pas une bonne idée, je dis.

– Il y a tout le confort qu'il me faut à Marrakech.

– J'y suis allée il y a deux ans. J'ai vu.

– Tu as vu quoi ? Un collègue à moi y vit depuis l'année dernière. Il adore. Il m'a tout raconté.

– Moi aussi je peux tout te raconter.

Et les larmes me montèrent aux yeux.

*Pouvais-je, vraiment, tout lui raconter ?*

Trois mois. C'était le temps qu'avait duré mon voyage dans son pays natal. Douze semaines en tout et pour tout qui m'avaient semblé aussi éternelles, chatoyantes et féroces qu'un conte. À Tanger, où j'avais cru tomber amoureuse de Laura, l'amie journaliste française qui m'avait invitée dans son appartement avec terrasse et vue sur la mer, cette frontière liquide dont les brillances étaient presque parvenues à me faire oublier les êtres humains qui, en nombre, en la traversant, au nom d'un espoir vaste, s'y étaient noyés. Où, avec Laura pour guide, j'avais pour la première fois éprouvé le pays où étaient nés mes ancêtres. Comme si je l'avais toujours porté en moi. Comme si je le reconnaissais. Comme si Tanger n'était rien d'autre qu'un coffre de famille retrouvé, avec ses ruelles ruines, ses murs lèpres, ses fondouks âcres, ses chants de muezzins entrelacés de minaret en minaret. J'avais aimé me cacher pour enlacer mon amie. Laura. Adoré me cacher pour m'enivrer. Les interdits du royaume exacerbant des décharges de désirs transgressifs. Et jusque dans ses dangers et jusque dans sa douceur Tanger m'avait fascinée. Autant que j'avais détesté Marrakech. La ville rose, élue par mon père. Un égarement bruyant, grouillant, brûlant, sans mer, aride, où avec Laura nous avions débarqué après un périple en train de nuit harassant. Où j'avais eu mal au ventre à me plier en deux après avoir goûté des brochettes de mouton mal cuites. Et où nous nous étions disputées, Laura et moi, dans la chambre étroite d'un riad loué au cœur du souk, enfiévrées par la température d'un mois d'août à cinquante degrés, si incandescent qu'il fallait courir pour passer d'un trottoir défoncé à un autre trottoir défoncé, d'un filet d'ombre à un autre filet d'ombre, dans l'impossibilité de rester plus de quelques secondes au contact de cette fureur solaire qui embrasait la peau, le sang, les os. Je revis Laura, la sueur déformant son visage, sa bouche comme une griffe, feulant la fin de notre couple : je ne voulais plus aller à Marrakech, jamais.

– Donc on ne se verra plus.

– Bien au contraire, Carina, ma fille, me consola mon père. Tu changeras d'avis sur Marrakech. J'achèterai une maison climatisée. Tu viendras aussi souvent et aussi longtemps que tu veux. Parce que j'ai réfléchi, tu es venue me voir combien de fois depuis que je suis à Amiens ? En trois ans tu as fait deux allers-retours vite fait dans la journée. Marrakech, crois-moi, c'est beaucoup mieux pour les vacances. Il y a des tas de choses à faire. Je t'installerai un bureau et tu seras très bien. Tu écris en ce moment ?

– Je cherche du travail. J'ai peut-être une piste.

– Rémunératrice ?

– À ton avis ?

– De toute façon je te paierai les billets d'avion, Carina. Tu verras, quand tu viendras, tu pourras écrire.

*Écrire.*

Le mot avait crissé dans sa bouche, pareil à un ordre poison, et je craignis, soudain, que mon projet de roman en soit détruit. Je me tus. Mais mon père ne chercha pas à questionner davantage mon écriture, pour une fois, concentré sur son propre dessein. Ses amis l'avaient encouragé à partir. Mes deux frères l'avaient encouragé à partir. Lui-même s'encourageait à partir. Ça le contrariait que moi, sa fille, n'épouse pas son grand enthousiasme.

Le Maroc s'était imposé à lui, insistait-il. Son pays natal, en réalité, ne l'avait jamais quitté, avouait-il. Son manque l'avait même attristé toute sa vie. Et il me parla de celui dont il ne parlait jamais, de Francisco Hernandez, son père, mon grand-père mort avant ma naissance dont la légende s'était toujours résumée à la douleur de trois événements. Le jour où Francisco Hernandez, d'origine espagnole, né à Tanger en 1912 dans une famille de modestes maquignons, en avait voulu à la Quatrième République française d'avoir acté la fin du protectorat annoncée par le sultan Sidi Mohammed Ben Youssef, futur Mohammed V, le 18 novembre 1955. Le jour où, contraint d'abandonner sa vie de comptable respecté, rapatrié en France, pays dont il avait choisi la nationalité pendant la guerre mais qu'il connaissait mal, Francisco Hernandez n'avait pas supporté de débarquer sur la Côte d'Azur, à Nice, avec sa femme, ses enfants, et les seuls petits kilos de bagages qu'ils avaient pu emporter, par bateau, se retrouvant sans emploi à devoir habiter dans une loge de concierge minuscule, déraciné, dépouillé, en proie au racisme avec son patronyme hispanique et son accent étranger. Enfin la nuit où, quelques mois après son installation niçoise, malade, Francisco Hernandez, de peine et d'humiliation, s'était laissé mourir.

Ainsi je devais m'accoutumer à cette idée que, maintenant, mon père avait envie de ramener son propre père au Maroc, symboliquement, affectueusement. Ainsi je devais accepter qu'il ait besoin, à sa manière, maintenant, de réparer cette mort paternelle précoce dont il n'avait jamais guéri. M'accoutumer, accepter et comprendre que sa volonté de retour couvait la douceur d'un geste consolateur.

Cependant plus je l'écoutais et plus j'avais l'intuition qu'une brume s'érigeait entre ses explications et son désir réel, un rideau, entre ses justifications et sa vraie volonté. Cette sombreur me tourmentait, me heurtait. Poitrine. Estomac. Pourquoi avait-il choisi Marrakech, la touristique, plutôt que Casa, sa ville natale ? Plutôt que Tanger, que j'aimais tant. Pourquoi avoir pris cette décision définitive alors qu'il aurait pu, d'abord, y passer quelques vacances, chercher à se rendre compte…

Mais mon père m'interrompit en émettant son fameux sifflement-soupir-réprobateur : on parlait de sa vie, ici, pas de la mienne.

« Et puis tu sais, Carina, le statut des retraités français est devenu très avantageux au Maroc, lâcha-t-il en guise d'ultime argument. C'est un nouveau petit paradis fiscal *là-bas*. Le gouvernement de Mohammed VI offre une réduction d'impôt de quatre-vingts pour cents si on vit plus de cent quatre-vingt-trois jours sur place. Il y a des tas d'avantages. On est vraiment bienvenus. Avec ma pension j'aurai les moyens de me payer une femme de ménage à plein temps. J'achèterai une plus grosse voiture, aussi, une Mercedes. Une grande maison. J'installerai une salle de cinéma. Une table de billard. La maquette de mon train électrique miniature, échelle HO, aura sa pièce dédiée. Je pourrai y jouer plus à l'aise, rajouter des rails et des montagnes au décor, peut-être même un lac, une plage. Un pont suspendu. Mon confort de vie sera bien meilleur qu'en France. Il me restera de l'argent pour te payer tes billets d'avion, Carina. Je prendrai un ou deux chats, aussi, tout pleins de poils comme tu les aimes, tu en profiteras. »

Je l'imaginai nouvellement botté de cuir de chameau au volant d'une cylindrée rutilante roulant avec fierté sur la boue des bidonvilles du royaume.

Je l'imaginai nouvellement casquetté de cachemire se faire servir des verres de whisky glacé au bord d'une piscine privée, dès le matin, en plein mois de ramadan.

– Et ça ne te dérange pas ? je demandai. Verser un salaire de misère à une femme qui va faire ton ménage sept jours sur sept, s'exténuer pour nourrir ses enfants, pour survivre, au nom de ton confort égoïste. C'est une mentalité colonialiste, ça, papa. Ça ne te dérange vraiment pas ?

– Oh, ne sois donc pas si caricaturale, ma fille, ordonna mon père. Le Maroc, ce n'est pas l'Algérie. Mon père n'a commis aucun crime *colonialiste*, comme tu dis. Il était ami avec tout le monde, il parlait l'arabe couramment.

– Mais toi tu ne parles pas arabe.

– Je n'ai pas besoin de parler arabe, ça parle très bien français là-bas. Je ne sais pas pourquoi tu le prends comme ça. Ça fait longtemps que je veux retourner au Maroc. Toi tu es adulte et indépendante, et pour moi c'est le moment, voilà, c'est tout.

Voilà. C'était tout.

*Retourner*, c'était le mot qu'il avait employé.

Retourner.

Aller de nouveau.

Tourner en sens contraire.

Se détourner.

## 2

## LES SUPPLICATIONS

Une nuit mouillée m'accueillit comme un augure amoureux lorsque je sortis de chez moi, ce printemps-là, deux mois après le départ de mon père. J'avais oublié mon parapluie et décidai de laisser la bruine embrasser mon visage, me hâtant de rejoindre Oren, l'homme que j'avais rencontré quinze jours plus tôt sur un site Internet au moment où je n'y croyais plus. Dès notre premier rendez-vous ce jeune architecte avait su trouver sa place en moi, esprit et corps, et je commençais déjà à l'aimer, me semblait-il, je le désirais, à cet instant saisie du souvenir de ses lèvres, de ses mains, quand mon téléphone vibra.

« Je t'attends, déclara mon père à l'autre bout du fil. J'ai trouvé un nouvel appartement à louer dans le joli quartier Majorelle près du jardin. Il y a quatre chambres. Une terrasse avec vue sur des figuiers géants. Ma femme de ménage cuisine des tajines d'agneau au miel extraordinaires. Viens me voir, Carina. Hors saison les billets ne coûtent pas cher. Je viendrai te chercher à l'aéroport. Le vol ne dure que trois heures depuis Paris. Tu regardes un film, ils te servent à manger, tu as à peine décollé qu'on t'annonce que tu vas atterrir. Viens, Carina. Donne-moi tes dates. Je te réserve un billet. Je te le paie. »

Il m'avait tenue au courant de son emménagement, pris de mes nouvelles, mais notre cadence avait changé. Nos conversations s'étaient espacées par souci d'économie à une époque où les moyens de téléphoner gratuitement à l'autre bout de la planète n'existaient pas encore.

– Ça coûte cher d'appeler en France, déplorait mon père d'une voix grésillant depuis son nouvel espace-temps. J'ai pris une carte prépayée, c'est plus avantageux, mais le crédit diminue vite.

Malgré la confortable pension de cadre qu'il était parvenu à acquérir à l'issue d'une carrière longue de quarante ans à la Compagnie générale des eaux, ayant commencé au grade d'employé sans qualification et ayant gravi les échelons au seul mérite de son ancienneté, il estimait qu'il était loin d'avoir fait fortune et s'astreignait à vivre chichement, étudiant chaque prix avant d'acheter, sélectionnant toutes choses en fonction des remises dont il bénéficiait, comme s'il n'avait vécu que dans la crainte de reproduire le destin de Francisco Hernandez, son père, infecté par la peur d'achever sa vie dans la ruine.

Quant à moi, avec mon manque d'argent chronique je prenais rarement l'initiative de composer son numéro. Aussi pris-je soin de le garder en ligne, ce soir-là, tandis que je m'engouffrais dans une rame de métro, cheveux et manteau humides, et que je prenais place sur l'unique strapontin libre à côté d'un vieil homme à la peau olivâtre qui me clouait du regard. Les boutons de son imperméable beige tavelé de taches étaient rouillés. Ses mocassins à glands lie-de-vin, râpés, s'étaient affaissés sous son poids. L'indigent semblait avoir décidé qu'il était impératif de m'écouter, la tête orientée vers moi comme si j'étais sa radio personnelle. Je n'osai pas changer de place. Je baissai la voix.

– Qu'est-ce que tu fais de tes journées ?

– J'ai rencontré des Français, des retraités expatriés comme moi. On sort pas mal. On s'invite. Je me suis inscrit au golf. J'essaie d'apprendre à jouer mais l'instructeur a jugé que j'étais nul. Je vais arrêter. Mon amie Catherine est venue la semaine dernière. Mais elle boit comme un docker, je crois qu'elle est incurable. Son visage est détruit. On a fait une excursion dans le désert, elle avait caché du gin dans des flacons de shampoing à peine rincés. Tu imagines la dégueulasserie ? Enfin, tu sais qu'il y a des ateliers d'écriture organisés dans le désert ? Ça te plairait. Et puis, je cherche une maison à acheter.

Il m'expliqua qu'il reviendrait en France pour son suivi médical et que je ne devais pas m'inquiéter, qu'il avait conservé sa sécurité sociale et sa mutuelle françaises et que ses soins lui seraient remboursés comme avant. Il allait également louer à l'année un logement à Nice, en parallèle, un studio pas cher à deux pas de l'hôpital où des spécialistes reconnus assureraient ses examens annuels. Il mettrait ce logement à ma disposition pour mes vacances, si je le souhaitais, cela m'éviterait une dépense. Lui, il s'y rendrait un ou deux mois par an, en particulier pendant le ramadan.

– Pour fuir.

– Non pas pour fuir, Carina. Beaucoup de Français partent pendant le ramadan, ça peut se comprendre, sinon c'est pénible ici, je n'ai pas envie de manger tout le temps seul dans mon coin. Et puis venir en France quelques semaines par an, ça ne modifiera pas mon statut de résident au Maroc. Alors dis-moi quand tu viens me voir. Dans un mois ?

– Tu t'ennuies à ce point ?

– Je veux juste te voir, ma fille. En septembre ? Ou avant ?

À travers l'écouteur, sa voix me rappelait la détresse de ces animaux à adopter qui ont peur de rester encagés, seuls, jusqu'à leur mort. *Viens me voir, Carina, viens.* Il me suppliait de venir le rejoindre, et je redoutais que son éloignement n'alimente une envie plus inavouable que son confort matériel ou que sa nostalgie. Un accès d'autorité, peut-être. Il se serait délecté que j'obéisse, le suive, le rejoigne, que je redevienne la gentille petite fille qu'il avait élevée seul après le départ de ma mère quand j'avais six ans, pas celle avec qui il se disputait sans cesse, qui le jugeait et avait insinué que son déménagement était insensé, voire foutrement con, pas celle qui ne venait jamais le voir depuis qu'il avait cessé de travailler, mais l'enfant qu'il embrassait avant qu'elle ne s'endorme, et ainsi que je demeure en silence cette fillette imaginaire parfaite née d'une histoire inventée par des adultes dresseurs, docile corps et âme, telle que je n'avais jamais existé et telle qu'il n'en existerait jamais.

Le métro roulait. Le vieil homme, bouche entrouverte, m'espionnait. J'eus froid.

*Viens, Carina*, me semblait-il désormais entendre en une musique de dents de cobra, viens voir ton père qui a été obligé de t'éduquer seul, et je sais que tu crains toujours qu'on t'abandonne, Carina, comme ta mère vous a abandonnés toi et tes frères quand tu n'avais que six ans. Mais je ne t'abandonne pas, moi, je ne t'abandonnerai jamais.

Viens, viens me voir, Carina, tu es ma seule fille, je t'aime, je t'aime plus que tes frères. Viens c'est ton devoir, viens tu me le dois, viens je te l'ordonne, viens, viens, viens à moi.

Plus il implorait, plus mon corps se paralysait.

Le métro s'arrêta. L'abominable voyeur descendit. J'eus chaud.

J'eus peur.

Peur de me retrouver, *là-bas*, dans son appartement, avec ses multiples chambres, seule avec lui.

Je fermai les yeux.

*Viens me voir, Carina*, s'immisçait en moi son hymne de venin contre lequel je luttais à mesure qu'il m'empoisonnait. Viens voir ton père. Dis-moi une date, je te paie tout le voyage.

– Je ne peux pas, je répétai. J'ai du travail.

– Tu peux prendre des vacances.

– Difficilement.

Ce n'était pas complètement faux.

Je venais de trouver un emploi de lectrice de scénarios pour le compte d'une société de production de films, un travail d'analyste qui me plaisait et me donnait l'illusion, à force de m'appliquer à critiquer les histoires des autres, que j'aurais pu en écrire de meilleures. Il fallait encore que je le prouve. Je n'avais rien publié depuis sept ans. Mon unique texte achevé était une nouvelle écrite à vingt-trois ans dans le cadre d'un concours. Au pied des tours d'une banlieue mal réputée, l'héroïne, onze ans, accumulait les visions horrifiques, paysages calcinés, meurtres, et finissait par poignarder sa propre mère qui ne s'occupait jamais d'elle. Certaines phrases de ce récit gothique sonnaient encore juste à mes oreilles. Une rumeur de rage. Mais dans l'ensemble je jugeais ce texte immature et avais du mal à le relire. Désormais j'étais lancée dans un texte plus long, une tragédie intime, écho de mythes, d'injustices sociales et de misères psychologiques telles que je les avais expérimentées dans ma jeunesse, et telles que j'aurais voulu, par l'écriture, les comprendre – les exorciser. Je venais de découvrir les romans de Hubert Selby Jr. et la construction crescendo de ses récits subjectifs de descente aux enfers, entre violence et spiritualité, m'avait stupéfiée. Quelles ressources en lui parvenait-il à rassembler ? Comment réussissait-il à rendre saillant l'ébranlement mêlé du corps et de l'esprit ? À créer une expérience émotionnelle qui aille jusqu'à bouleverser l'âme ? « *Être artiste n'exige pas grand-chose,* écrit Selby, *juste tout ce que vous avez. Ce qui signifie, bien sûr, que si le processus vous donne la vie, il vous rapproche aussi de la mort. Mais cela n'a pas d'importance. La vie et la mort forment un tout et on ne peut les éviter, ni les nier. Et quand je me plonge à corps perdu dans ce processus de vie/mort et que je m'y abandonne, je transcende tout ce blabla insensé et je côtoie les dieux. Je pense que le prix de l'entrée vaut bien cela.* »

J'avais conscience qu'il m'aurait fallu décadenasser en moi des accès clair-obscur dont l'emplacement m'était encore inconnu. Le décalage entre mon ambition et le résultat de mon écriture m'accablait. Mon nouveau roman m'éreintait. Je redoutais d'avoir à le laisser en suspens à l'instar de ces dizaines de récits inachevés qui stagnaient dans la mémoire de mon ordinateur comme de petits cercueils. Sur certains d'entre eux, parfois, je m'acharnais, rouvrant leur tombeau avec l'envie d'affronter leurs ombres, avec l'espoir de m'y reconnaître, enfin, tandis que les lignes que je traçais me renvoyaient l'image d'un miroir déformant. Ça sonnait faux. Je m'asseyais devant mon clavier, tapais des mots, ils demeuraient étrangers à moi-même, morts. Et plus je persévérais et moins je comprenais pourquoi j'avais besoin d'écrire alors que j'échouais, la justesse m'échappait, l'épure que j'idéalisais m'échappait, tout était confus, des barbelés inextricables de songes, de pensées, le mot *ratiocination*, le mot *argutie*, et ça me torturait, moins j'y parvenais et plus la nécessité me harcelait, écris, écris, écris, mes mains obéissaient, tape, tape, tape, elles tapaient, butaient, s'essoufflaient, des déjections de larves naissaient de mes doigts. Pourtant je continuais. Je cherchais. J'espérais qu'une clarté advienne.

Enfin je refusai de fixer une date pour aller voir mon père et, quand le métro ralentit, arrivé station Croix de Chavaux, mes yeux brûlaient.

– Je vais raccrocher, papa.

– Tu vas où ?

– À Montreuil.

– Tu as un nouveau copain ? il devina.

– Ça se pourrait.

– Il s'appelle comment ?

– Oren.

– C'est pas banal, Oren. Il est juif ?

– Non, sa mère est protestante, je crois. Mais je ne vois pas ce que ça change.

– Je demande, c'est tout. Et il fait quoi ?

– Architecte, il a une petite agence.

– Intello comme toi, quoi. Quel âge ?

– Mon âge.

– C'est lui que tu vas voir ?

– Il m'a préparé des pâtes.

– Ton plat préféré. Vous allez vivre ensemble ?

– On vient de se rencontrer.

– J'espère quand même qu'il ne sera pas contre que tu viennes voir ton père au Maroc.

## 3

## LE MARIAGE

Nous voyagions en voiture avec Oren dans le Sud-Ouest de la France, le long de vignobles labyrinthiques sous un ciel estival bleu vitrail, pour notre premier week-end en amoureux. Avant de prendre la route j'avais refermé mon ordinateur, me persuadant qu'une interruption de deux jours bénéficierait à mes écrits hérissés de ratures, et j'avais noté sur un carnet : *Oren, or, or, or.* Je manquais d'inspiration, certes. J'étais éblouie. Depuis deux mois, nous ne nous quittions plus. Ses dessins d'architecte me captivaient. J'admirais sa radicalité, son obsession de la ligne pure. J'adorais qu'il compare ses recherches à ma propre quête d'écriture, comme si notre fusion se prolongeait jusque dans nos actes créatifs les plus intimes.

– L'architecte doit créer des bâtiments pour y faire naître des relations humaines, m'expliquait Oren. Des boîtes, dans lesquelles l'homme et la nature pourront s'unir. C'est pourquoi les fenêtres ne sont pas seulement des percées mais des encadrements qui guident le regard et révèlent les paysages. Comme toi, quand tu écris une description. Tes mots révèlent le décor, la lumière, et si tu ne nommais pas le monde, il n'existerait pas.

– Je suppose que le monde est vide pour moi en ce moment. Je n'arrive pas à écrire.

– Pourtant tu m'écris tous les jours.

– T'écrire augmente ton existence en moi. Mais mon roman, lui, n'existe pas encore. C'est comme si ses fondations étaient meubles. Ça vacille. En déséquilibre. C'est flou. Criblé de trous. Ça n'existe pas autant que toi quand je t'écris.

– Moi je trouve que tes premières pages te ressemblent. Elles sont sauvages et tendres.

– Mon texte me ressemble ?

– C'est ton reflet.

– Sauvages et tendres ?

Oren me souriait comme si des images de nos caresses venaient de le traverser. Et ses petites dents blanches bien alignées m'émouvaient. Et tout, dans son visage, m'émouvait. Ses yeux bleus et son nez retroussé aussi fin que celui d'une femme, sa chevelure brune hirsute si épaisse qu'elle m'éraflait presque quand je l'embrassais. Je le regardais, j'avais envie de lui faire l'amour. Nos goûts esthétiques s'accordaient. Nos envies de stabilité sentimentale s'accordaient. Nous écoutions The Cure à plein volume, un groupe qui avait rythmé notre adolescence et nous donnait l'impression de nous connaître depuis toujours, *« Oh... we couldn't get closer than this... »*, quand la sonnerie de mon portable nous surprit.

– Je vais me marier, m'annonça mon père ce jour-là. J'ai rencontré une femme, ici, à Marrakech. Je l'épouse dans trois semaines.

Oren coupa la musique, ralentit et se cala sur la file de droite. Il avait vu mes lèvres abandonner leur sourire, compris que la conversation qui allait avoir lieu dans l'habitacle de sa petite Twingo gris souris nécessitait concentration. Le mot *mariage* avait été prononcé.

– Elle a quel âge ? je demandai.

– Plus jeune que moi, dit mon père.

– Plus jeune que *moi* ? je demandai.

– Elle a ton âge.

– Trente ans ?

– Bientôt trente et un. Elle a quatre mois de plus que toi.

– Elle est Française ?

– Marocaine.

– C'est une pute ?

– Oh, ma chérie, pourquoi tu dis des choses comme ça ?

– Je suis allée au Maroc, papa. Je me doute qu'une fille qui veut se marier avec un retraité français de trente-six ans de plus qu'elle, c'est une pute.

– Elle est secrétaire médicale. Je l'ai rencontrée grâce à des amis il y a un mois.

– Un mois ? Bravo. Bientôt les noces de diamant.

– Ne sois pas bête, Carina. Au Maroc, on est obligés de se marier si on veut vivre en couple, c'est la loi.

– Je connais cette loi, papa. Des tas de Français trouvent un moyen de la contourner sans se retrouver en prison, je n'ai pas l'impression que ce soit si compliqué. Parce qu'après, quand tu en auras marre ? Tu vas faire quoi ? Tu vas épouser comme ça toutes les filles avec qui tu veux coucher, au nom de la loi ?

– Ma chérie, tu m'agaces. Je vais te rappeler quand tu seras calmée.

– Explique-moi, comment tu veux que je réagisse ? Elle a trente ans ?

– Tu sais, avant elle, j'en ai connu une plus jeune.

– Quel âge ?

– Vingt-deux.

– Une plus jeune pute.

– Arrête de parler comme ça, Carina, ma fille. Tu crois tout savoir mais tu ne sais pas comment ça se passe de l'intérieur au Maroc. Moi je ne suis pas comme tous ces retraités qui changent de nana tous les quatre matins.

– *Nana* ? Tu emploies le mot *nana* ?

– J'ai discuté avec un vieux, l'autre jour, un Français. On était au bar de la piscine du Royal Mansour, tu sais le palace magnifique dans une palmeraie, c'est lui qui voulait aller là, il a ses habitudes. Il me montrait sa copine marocaine en la pointant du doigt, sa copine de vingt ans qui se baignait en maillot deux pièces et restait au bord parce qu'elle ne sait pas nager, il la pointait en disant qu'il en changerait dès qu'il en aurait marre, c'est pas un problème de trouver un autre petit cul, il m'a dit, des petits culs bien faits il y en a plein, je pourrai toujours en trouver un mieux si celle-là n'arrive plus à m'exciter.

– Ne me raconte pas des trucs comme ça.

– Je t'explique. Je ne suis pas comme ce type. Asma est quelqu'un de bien. Elle travaille chez un dentiste. Elle m'aime beaucoup.

– Asma ?

– C'est le prénom de ma future femme.

Je le répétai mentalement. Asma. Mon père précisa qu'*Asma* signifiait belle, celle qui possède des traits merveilleux. Je n'en avais sur le moment aucune image. Deux syllabes ne faisaient surgir aucun visage. Asma. A-A. Pas d'image. Pas de visage. Une assonance. A-A. Éclat de rire amer. Rime insupportable avec mon propre prénom.

Dans la voiture, Oren posa sa main sur ma cuisse. Je l'écartai.

– Tu vas être obligé de te convertir à l'islam pour te marier, dis-je à mon père. Ça aussi c'est la loi. Si elle est Marocaine et que vous vous mariez au Maroc. Tu y as pensé ?

– C'est juste une formalité. Je me suis renseigné.

– Une *formalité* ? Te convertir à une religion à laquelle tu ne crois pas ? Parce que tu n'y crois pas, hein ? Dis-moi. Je ne t'ai jamais entendu parler du moindre Dieu de toute ma vie, pas une seule fois. Ta mère, elle regardait la messe du pape tous les dimanches à la télé. Elle était vraiment *très* catho. Mais toi, tu n'as jamais prononcé le mot Dieu ou Allah devant moi. Tout ce que je t'ai entendu dire, c'est que les chants des muezzins, à l'aube, ça te casse les oreilles quand tu as envie de faire la grasse matinée. Combien de fois tu m'as répété que ça te saoule, ça, la cantillation coranique ? Parce que ça s'appelle comme ça, tu le savais ? La *cantillation coranique*, l'*adhan* ou l'*iqama*, tu connais ces mots ? Ça n'a jamais réveillé la moindre spiritualité chez toi… Je me trompe ? Sois sincère. Je me trompe ?

– Tu m'énerves, Carina. Je te rappellerai quand tu seras plus calme. Tu me blesses, ma fille, à parler comme ça à ton père.

Il raccrocha. Et je balançai mon téléphone sur la plage avant de la voiture sans me soucier d'Oren qui continuait à conduire en silence, lentement, sur la route bordée de vignobles soudain devenus ignobles, grappes de raisin noir en forme de petites bouches hurlantes sous les cumulus blafards. Oren m'observait. Il venait de découvrir une dimension de moi qu'il n'avait pas encore envisagée. C'était la première fois que je me disputais avec quelqu'un devant lui. Première fois que j'explosais devant lui. Il ne fit aucun commentaire. Que sa nouvelle petite amie ose traiter la future épouse de son père de pute, pourquoi pas, il devait s'estimer capable de faire avec.

Cependant je m'excusai, honteuse. Désolée de n'avoir su m'exprimer autrement : le seul mot qui avait atteint ma langue pour désigner Asma c'était pute. Mon père m'avait parlé d'Asma, et c'était le visage de cette jeune Marocaine rencontrée à Tanger qui m'était apparu : Nour. Nour, dix-huit ans, analphabète, qui avait emménagé avec Florent, quarante-cinq ans, journaliste, français, Nour qui n'attendait qu'une chose : que Florent la demande en mariage, que Florent la sauve de sa pauvreté d'un coup de paraphe officiel. Ce qu'il ne fit jamais. Il se contentait de l'héberger dans une chambre de son riad au cœur de la médina tangéroise, la rémunérant comme il aurait rémunéré légalement n'importe quelle femme de ménage. Sauf que c'était son corps que Nour entretenait.

Il était si fier d'elle qui avait des mains, des jambes, une bouche, un ventre, une peau, tout ce qu'il suffisait d'expertise pour le masser chaque soir, l'embrasser, le baiser, et Nour restait avec lui, chez lui, elle patientait, tentait d'apprendre à lire car il voulait l'instruire, s'exténuant dans l'attente de la demande en mariage, de la signature salvatrice, elle, Nour de Tanger. Nour ramassée dans la rue, une nuit. Nour qui se vendait depuis son enfance. Nour que les hommes, que les femmes désiraient. Moi-même j'avais été troublée par ses lèvres, j'aurais voulu les lécher, je ne l'avais pas fait, elle me l'avait proposé contre deux cents dirhams, un soir, tard, se penchant vers ma bouche, je ne l'avais pas fait, je n'avais pas payé Nour, non, je ne comprenais pas mon père. Pourquoi se précipitait-il pour se marier ? Pourquoi acceptait-il de se soumettre aux lois du Maroc, pays qu'il se félicitait de connaître bien mieux que moi, moi la Française avec ma vision simpliste, caricaturale – risible ?

Donc j'avais traité Asma de pute.

Et j'avais conscience de la faiblesse de mon vocabulaire. Car, en réalité, je ne nourrissais aucun mépris contre les femmes qui se prostituaient. Aucune d'entre elles. Au Maroc, je comprenais intimement la difficulté de survivre au cœur d'une organisation sociale gangrenée de misère. *Pute* n'avait jamais été une insulte entre mes lèvres.

*Pute* : je m'en voulais d'avoir prononcé ce mot. Et même si Asma ne vivait pas dans la rue, je pouvais concevoir ses envies de confort. Avec sa rémunération de secrétaire médicale, elle devait péniblement parvenir à payer le loyer de son studio. Je refusais de la juger. Mais que mon père couche avec une femme *pratiquement du même âge que moi* : c'était ça. Qu'il vante sa situation financière pour appâter une femme *qui aurait pu être moi* : c'était ça. Au fond. Je crois. Pour être sincère. Pour être honnête avec moi-même. Pour réussir à le dire. À l'écrire. C'était cette commotion, sur le moment, que je n'avais pas réussi à désigner autrement que par ce pauvre vieux mot de pute.

Et je consultais comme tout le monde les médias. Je n'étais pas sourde, je n'étais pas aveugle. Des hommes qui se mariaient avec des femmes plus jeunes, ou l'inverse, cela arrivait tous les jours. Je ne m'en étais jamais offusquée. J'aurais détesté qu'on me condamne si j'avais couché, adulte et consentante, avec un homme plus âgé que moi. J'aurais détesté qu'on me censure. Une fois. Une fois j'avais failli le faire. Embrasser un homme plus âgé. Un homme de l'âge de mon père. À l'issue d'une fête. Il m'avait raccompagnée. En m'invitant à sortir de son coupé, devant chez moi, il m'avait agrippée. Et j'aurais pu me laisser aller. Il me plaisait. Physiquement, artistiquement. Mais au moment où ses lèvres avaient touché les miennes, mon père m'était apparu. C'était un brouillard de sensations davantage qu'un souvenir exact. Une houle, sous la chair, davantage qu'une image précise. Mais cela avait surgi : un ressac indéfinissable venu déposer en moi les embruns d'un dégoût.

J'avais repoussé l'homme.

Et ça m'obsédait.

Est-ce que mon père, lorsqu'il embrassait Asma-pratiquement-du-même-âge-que-moi, me voyait apparaître ? Quand il caressait son corps, songeait-il au mien ? Est-ce qu'il s'en émouvait ? Quand il prenait sa main dans la sienne, posait ses lèvres sur le bout de ses doigts, sur son poignet, lorsqu'il léchait sa langue et ses épaules, et son ventre, me voyait-il, moi, est-ce que j'étais là lorsqu'il la faisait crier ?

– Enfin tu es adulte, Carina, tu es indépendante. Tu as un copain. Tu m'as, moi. Qu'est-ce qui t'arrive ?

J'observai Oren. Ce rationaliste.

C'était la nuit. Nous étions couchés dans notre chambre d'hôte au cœur d'un grand vignoble. Sa bouche me buvait, et jusqu'à présent j'avais toujours aimé sa manière de m'entourer, de m'envelopper. De me confier ses envies. De les formuler là, et là, avec des mots précis. Je veux te lécher.

Je veux te faire jouir. De s'enraciner en moi avec douceur, intensité, douceur. J'aimais la sève de nos désirs symétriques : nous n'avions cessé de faire l'amour depuis notre rencontre. Pourtant, à cet instant, à son contact, là, et là, mon corps se crispait, mes cuisses se fermaient, mes mains freinaient, l'inquiétude dans les yeux bleus d'Oren s'intensifiait.

Je dus le rassurer. Lui révéler qu'il avait été le premier, lui, Oren, à me faire jouir. Avant de le connaître je n'avais connu que des ébats frustrants, quelquefois doux avec des femmes, quelquefois tendres avec des hommes, puisqu'auprès des hommes et des femmes, indifféremment, j'avais cherché. Mais la jouissance, ce tremblement qui peut atteindre l'âme, n'était pas venue. Dire à quel point je m'étais crue frigide, malade, détestant mon corps, jamais assez beau, jamais assez mince, jamais assez ferme, indésirable, à mes yeux monstrueux, ma vie sexuelle émiettée, réduite à la masturbation, jusqu'à ce que je le rencontre et qu'il me prenne, lui, Oren, *or, or, or.* Oren avait agi autrement. Nos caresses, nos envies se répondaient, simples, pacifiques, ardentes, et cet amour nous voulions le pratiquer telle une religion dont nous étions les uniques adeptes, simplement, pacifiquement, ardemment, nous avions, ensemble, besoin d'y croire.

Oren me serra dans ses bras et posa ses lèvres sur mon front. Je fermai les yeux. Les volets de notre chambre en lisière de vignes entrebâillés, on entendait par éclats les derniers clients de l'hôtel finir de dîner dans le jardin, rires, verres entrechoqués, rythmes d'une joie désirable. Puis le silence s'installa comme une protection. Nous voulions croire l'un en l'autre, Oren et moi. Je me blottis contre lui, cherchant à rencontrer au contact de sa peau ce point de connexion capable de me consoler, me persuader que je n'étais plus seule.

Mais au cœur de l'obscurité le souvenir de la voix de mon père parlant d'Asma continuait d'affluer. Alors la déferlante noire me reprit, l'animosité à l'égard de mon corps, cette submersion funeste d'écœurement, qui augmenterait de nouveau, de mois en mois.

Bientôt, à chaque fois que nous ferions l'amour avec Oren, il me faudrait avant boire un, boire deux verres de vin, m'étourdir, seul moyen d'espérer accéder de nouveau, le corps et l'esprit déroutés par l'alcool, à un orgasme infime.

4

# MON FUTUR ÉPOUX FUTUR

Alors des cauchemars m'assaillirent.

Je me voyais pénétrer dans un square, l'après-midi, en plein été caniculaire. Je me voyais marcher, aller me poster à l'abri d'un buisson pyracantha, m'accroupir et rester là, à me passionner pour l'observation des enfants à travers le feuillage, face à moi, en train de se battre. Taches de soleil comme des ocelles de petits jaguars sur leurs corps. Visages sertis de sueur. Je me délectais de les voir crier ces enfants, s'ébrouer, se tirer les cheveux, déterminer qui grimperait en premier sur le vieux toboggan incarnat qui trônait au bout d'un bac à sable éblouissant. Âgés de deux à six ans, ils se frappaient et riaient en entremêlant leurs crinières brunes, blondes, rousses. Puis, une fois leur vainqueur désigné, ils courraient derrière lui et glissaient sur la rampe couleur passion comme sur une cascade de vent, leurs joues soudain rougissantes. Moi, invisible à leurs yeux, j'avais trente ans. Leur présence m'affriandait comme de la drogue. Je pensais à mon futur époux. À celui que je choisirais quand j'aurais soixante-six ans. Il faudrait que j'en sois folle de cet homme, ce serait une question de survie. Alors, l'un après l'autre, j'examinais mes petits jaguars. Je décidai d'élire celui au débardeur vert canard. Il mesurait moins d'un mètre, pesait à peine plus de douze kilos, mains fines, cuisses solides. Je m'approchais de lui. Ses yeux rieurs m'accueillaient et je l'aidais à monter sur l'échelle en premier en lui tenant la main. Alors il s'esclaffait. Alors je l'adorais. Je lui posais des questions qu'il semblait entendre sans que j'aie à remuer mes lèvres.

Dis-moi mon petit jaguar, pensais-je. Dans trente-six ans, accepteras-tu de devenir mon nouvel époux ? Regarde-moi et prends ton temps pour répondre. Aujourd'hui je mesure un mètre soixante-sept. Mes cheveux sont bruns. Dans trente-six ans, quand nous nous reverrons, ils seront gris. Aujourd'hui ma peau est lisse. Elle sera ridée quand nous nous marierons. Mes dents sont blanches. Elles auront jauni quand, pour la première fois, nous nous embrasserons.

Il me regardait et, dans ses yeux, je voyais soudain le cristal se briser comme s'il venait de me démasquer, découvrant ma nature démoniaque. Alors il se mettait à verser des larmes de peur.

Puis, comme je prenais sa main pour la porter à mes lèvres, des larmes de terreur. Je le lâchais. Il se hâtait, libre, de dévaler le vieux toboggan incarnat. Je l'observais. Dès qu'il arrivait sur le sable éblouissant en bas de la rampe et qu'il se mettait à rire avec ses camarades, comme avant, je me persuadais qu'il m'avait déjà oubliée. Enfin, à ce moment précis, je recommençais. Je lui prenais la main, l'aidais à grimper et je lui racontais intérieurement notre mariage, le futur de ma peau, de mes dents. Lorsqu'il en venait à pleurer de terreur, je cessais. Alors il retournait jouer et ne me jetait plus un regard. Et il me fallait attendre une nouvelle fois, tapie derrière mon buisson pyracantha, dans l'ombrage dentelé des feuilles qui maquillaient mes yeux. Enivrée d'effluves de sable foulé aux pieds par des bouquets d'enfants, il me fallait attendre, lèvres scellées, de pouvoir récidiver.

Enfin mes pleurs me réveillaient.

Était-ce réel ? Avais-je parlé à cet enfant ? L'avais-je extrait de ce vieux toboggan incarnat pour le persuader de m'aimer ?

Plusieurs minutes m'étaient nécessaires pour émerger, bouche boueuse, crâne alourdi, réussir à me persuader que rien n'avait eu lieu, que tout n'avait été que construction cauchemardesque, contamination effroyable, et il me fallait encore plusieurs heures, ensuite, pour effacer les images maudites, pour les remplacer par une prière nouvelle.

Lorsque, dans la réalité, j'aurais soixante-six ans, mon époux serait choisi parmi les adultes. Je n'avais pas à le choisir dès maintenant comme s'il n'était qu'un chiot dans une animalerie. Je n'avais pas à le sélectionner dès maintenant comme s'il n'était qu'un accessoire masturbatoire. Il serait adulte comme moi, l'homme élu. Il serait Oren. *Puisque, enfin, Oren revenait à ma conscience.* J'aurais le droit de lui demander sa main. Aucune loi ne serait transgressée. Le mariage s'ordonnerait. Légal. Beau.

Cependant mes pleurs ne cessaient pas.

Je tremblais.

Je tremblais comme si je venais de croiser, sur le seuil de ma porte, un meurtrier aux yeux rouges armé d'un sabre en train de hurler qu'il m'assassinerait au nom de tous les crimes que je pourrais imaginer commettre.

# 5

## ASMA

Puis vint la nuit où le roman que je tentais d'écrire me parut artificiel, comme moulé dans du plastique, comme s'il risquait à tous moments de s'enflammer, de se déformer, de m'intoxiquer. Je ne parvenais plus à en poursuivre l'histoire. Personnages pelliculés, paysages factices. Ma décision fut facile à prendre. J'abandonnai ce texte pour en commencer un nouveau. À une heure où le silence esseule les routes, une idée s'était imposée, irriguée par la précédente, mais neuve. J'avais jusqu'à présent accumulé les tentatives. Cette fois j'y parviendrai. Ce n'était pas une question de choix. Je n'avais aucune prise sur ce désir d'écrire. Il existait. Un récit architecturé était le seul espace vivable où je puisse m'installer et combattre. Oren dessinait des immeubles sociaux avec l'espoir que des exclus y trouvent une place en harmonie avec le monde. Ma place, je la trouverais au centre de la maison-écriture.

Tasse de café remplie, je me mis donc au travail et j'ébauchai vite, presque automatiquement, presque sans volonté, les premières lignes de la fiction d'un homme qui peinait à s'occuper de sa fille de six ans depuis la mort de sa femme. C'était une aventure nocturne tourmentée de forêts de hêtres, de motos puissantes, de plantes médicinales inefficaces. L'enfant refusait de croire que sa mère était morte. Elle voyait partout son fantôme dès que son père la laissait seule, la nuit, pour rendre visite à des femmes. Asservi à ses addictions d'alcools, de chanvre, l'homme accumulait les liaisons sans lendemain, compulsivement, *vampiriquement*, se débattant dans les méandres violents de son deuil, pleurant à s'étouffer quand il rentrait, à l'issue de chaque virée, étalant son long corps en croix dans son grand lit évidé. J'écrivais. J'écrivais vite, même si cette intrigue m'apparaissait encore à l'état fragmentaire, trouée. Même si ses protagonistes refusaient de se révéler entièrement à moi, blockhaus. Je tentais ça, le geste de capter ce qui venait, m'interdisant de juger la moindre de mes médiocrités, m'interdisant de me figer à chaque défaillance, improviser, laisser le langage s'épanouir à l'état sauvage. Animal, une rédaction à l'instinct. Je me cognais à des pierres. M'emprisonnais à des lianes. J'ignorais quelle part de moi s'obstinait à pénétrer dans l'écriture, quelle part m'en empêchait. Des formules telles que « l'homme prenait la main de l'enfant *comme un os* dans sa bouche », « la mère défunte de l'enfant l'observait de ses yeux en papier, déchirés, aux *larmes vertes* », je n'aurais pas su dire d'où elles venaient, pourquoi elles apparaissaient. « Le *caïman-monstre* rampait à la manière d'une langue. » Qu'avais-je besoin de chercher ? De créer ? De crier ? Je ne comprenais pas ce que j'étais en train d'écrire, j'écrivais pour le comprendre, disséquer mes guerres, excaver mes colères, et tirer des flèches exploratrices, vers les failles, vers la nuit, et tenter d'apercevoir l'amour. Mais l'amour était le plus difficile à apercevoir, comme ensablé, il me fallait forer chaque geste, sonder chaque caresse, et les paroles, les paroles, chaque parole, les entendre, travailler à les entendre, s'exténuer à les entendre. Poser des questions. Ces personnages, s'aimaient-ils ? L'amour entre l'homme et l'enfant, entre ce père et cette enfant, leur amour existait-il ? Amour, amour, amour. On utilise le mot *amour* indifféremment pour l'amour filial, pour l'amour parental, pour l'amour conjugal, pour l'amour fou, et cette polysémie m'embrouillait, ça confondait tendresse et désir, ça floutait toute perception. Quel autre mot choisir pour définir la vérité du lien entre cet homme et cette enfant ? Je cherchais des mots plus justes que ceux des déclarations habituelles. Détruire tout stéréotype et spécifier, spécifier, spécifier. Écrire, c'était de l'acharnement, celui d'une aveugle en quête d'une lueur en perpétuelle fuite.

J'écrivis toute cette nuit-là et tout le jour suivant. Sur mon bureau, la tasse de café, froide, posée contre le dictionnaire, ne formait plus aucune ombre. La fenêtre fermée encadrait un ciel automnal bétonné. Quand mon téléphone bipa. Il était midi. J'avais faim. Par crainte, je refermai mon ordinateur portable avant de répondre à mon père, comme pour l'empêcher de lire les phrases que je venais d'écrire. Persuadée que, s'il le lisait, le livre serait anéanti. Je serais anéantie.

– Je suis marié avec Asma depuis deux jours, me dévoila mon père ce jour-là.

*Je suis marié.* À travers le combiné son intonation m'avait paru neutre. Ni satisfaite ni heureuse. La formalité accomplie, ses nouveaux certificats administratifs classés, il pouvait désormais légalement coucher avec Asma dans son nouvel appartement et visiter avec elle des maisons à acheter sans craindre d'être dénoncé au nom de la loi. Il pouvait la nommer *ma femme* quand il me parlait d'elle. *Asma, ma femme.* Ces mots prononcés comme s'il savait qu'elle serait la dernière.

Il ne m'avait pas invitée à son mariage.

Il s'était contenté de m'informer par mail qu'il se marierait à telle date. En petit comité. Avec la famille d'Asma uniquement. Son argument paraissait sincère : il affirmait que cela ne m'aurait pas intéressée d'assister à la fête, même s'il me l'avait proposé, même s'il avait pris tous mes frais de déplacement et d'hébergement en charge. Il avait par conséquent décidé à ma place. Mes frères n'avaient pas été conviés non plus, mais eux n'attendaient plus rien de lui depuis longtemps, ils ne lui avaient fait aucun reproche. Alors que j'en avais été meurtrie.

– On a vraiment fait très simple, se justifia-t-il. Je ne peux pas prendre le risque de trop me fatiguer. Les médecins m'ont demandé de faire attention à mon diabète, mon taux de glycémie n'est pas terrible. Il n'y avait qu'une dizaine de convives.

Il avait refusé de festoyer pendant sept jours. Détestant les tatouages, même temporaires, il avait aussi interdit à sa future épouse de se soumettre à la cérémonie du henné. Il voulait la peau de sa femme intacte et n'avait autorisé que les ornements de la coiffure, le maquillage du visage et des ongles. Il avait concentré les réjouissances en une journée unique remplie jusqu'à la gueule.

– Et Asma ? demandai-je. Ta femme. Elle n'a pas eu envie de nous inviter ? Elle ne veut pas rencontrer tes enfants ? Elle sait que j'existe ou bien tu fais comme si tu n'avais pas eu de famille avant elle ?

– Bien sûr qu'elle veut te rencontrer. Qu'est-ce que tu imagines ? Elle a hâte que tu viennes à Marrakech. Je lui parle souvent de toi, elle a vu des photos. Tous les matins, d'ailleurs, elle te dit *Bonjour, salam aleykoum*. Tu es accrochée sur le frigo. Une grande photo de toi en maillot de bain. Moi aussi je te dis *Bonjour ma chérie* tous les matins avant d'attraper le beurre et le miel pour mes tartines.

– Je hais cette photo de moi en maillot de bain.

– Toujours agréable, ma fille, hein.

Ça l'attristait que je ne le félicite pas. Ça le blessait que j'accuse Asma de mauvaises intentions alors que c'était lui et lui seul, me certifiait-il, qui avait tout décidé.

– Ne te fais pas de fausses idées, Carina. Asma est quelqu'un de très bien.

La scène, je me la représentais. Un soir, juste avant dîner, dans leur grand salon décoré à la mode marrakchie, installés dans leur canapé d'angle en velours et brocart vert royal, autour d'un verre de whisky, à la lumière d'une lanterne en fer forgée qui lançait des ombres et des éclats cuivrés en formes de croissants et d'étoiles fébriles autour d'eux, mon père avait chanté à Asma sa ritournelle héroïque. Il s'était occupé de nous, ses trois enfants, du mieux possible. Seul, il avait dû tout assumer. Lui, la victime, l'homme trompé que sa première épouse avait quitté. Sans l'aide de personne, il avait dû nous élever. Nous, six, douze et seize ans. Trois enfants blessés par l'abandon d'une mère qui n'avait pas pris la peine de s'expliquer avant de déserter. Parce qu'un enfant, à ce qu'elle croyait, à ce qu'elle avait dit, un enfant ça pardonne, ça guérit, ça oublie.

J'imaginais si bien la scène. Entre deux gorgées d'alcool, encouragé par les yeux écarquillés d'Asma dont il aimait récolter la vénération, mon père avait raconté ce Noël 1982 où il s'était offert un tablier de cuisine en coton écru avec cet insigne brodé en bleu roi : *Papa poule*. « Papa poule » : l'expression était en vogue dans les années quatre-vingt à cause de la série télévisée éponyme qui illustrait la manière dont les hommes s'investissaient désormais dans les tâches parentales. À chaque fois qu'il recevait des amis, le week-end, il paradait autour de la table à manger du salon déguisé de son plastron étoilé *Papa poule*, et la chorégraphie à la gloire de son dévouement ne manquait jamais de déclencher des cris d'admiration. Coutelas levé au-dessus de sa tête comme une torche, il faisait un tour sur lui-même pour se faire admirer de tous les côtés, puis, grand sourire aux lèvres, il découpait le poulet qu'il achetait déjà grillé, patates incluses, en entonnant fort la chanson d'un générique de télévision dont j'ai oublié l'air.

J'imaginais Asma, dont le père était mort quand elle avait six ans, ébahie par ce récit de bienveillance paternelle. Elle aurait adoré avoir un père qui eût autant de mérite.

– J'ai vraiment été à la pointe de la modernité paternelle, se vantait-il.

Il nous avait accompagnés chaque jour à l'école, nous avait emmenés chez le dentiste, chez le marchand de chaussures, le coiffeur, l'orthophoniste, judo pour mes frères, danse rythmique pour moi, il avait ouvert des boîtes de raviolis, des crèmes desserts à la vanille, à la noisette, acheté des paquets de quatre-quarts géants, repeint nos chambres, refait nos lacets, lavé nos vêtements, signé nos devoirs. Il n'avait pas été violent. Quelques claques. Mais lui aussi en avait reçu, enfant, claques, fessées, bien plus outrageantes. Bien sûr il avait parfois eu besoin de prendre des vacances, les enfants expédiés chez la grand-mère, chez un cousin, mais il avait toujours été présent. La preuve, maintenant nous étions adultes, indépendants. Nous avions des conjoints. Des emplois. Mes frères, dans la finance, gagnaient beaucoup d'argent. Moi, à défaut d'argent, j'avais suivi les études de lettres et de cinéma que j'avais choisies et qu'il m'avait payées. Il avait fait du très bon travail avec nous. Le sourire béat d'Asma confirmait sa bravoure.

– J'ai été à la pointe de la modernité, répétait-il. Et ce n'était pas facile tous les jours. C'était même très compliqué pour un homme seul. J'étais fatigué. Carina était toute petite. Six ans seulement. J'étais son papa chéri. Tu sais comment sont les filles avec leur père. Jalouse... Carina ne supportait aucune de mes copines. Quant aux garçons, eux, les deux adolescents, ils en voulaient à leur mère d'être partie, ils étaient infernaux.

Puis il quémandait un deuxième whisky. Asma le lui versait. Il l'avalait. Il méritait de vivre sa vie telle qu'il l'entendait, maintenant. Il l'avait gagnée, cette existence de petit nabab, au Maroc, pays de sa naissance qui l'accueillait de nouveau à bras ouverts, lui offrait son soleil, ses arômes, son confort, une femme toute dévouée. Quand on a peur de ne pas se réveiller sur la table d'opération de son cancer, cette peur nous montre la voie droite. La ligne. L'objectif. Asma le comprenait. Elle l'approuvait. Sa ferveur était totale.

Donc, il ne m'avait pas invitée au mariage.

– Tu ne serais pas venue de toute façon, ma fille, me dit-il.

Et je ne trouvai rien à objecter tant j'étais divisée. D'un côté, j'aurais voulu qu'il m'invite, qu'il me montre que je comptais encore pour lui, même si nous vivions loin l'un de l'autre, même si je n'avais pas encore fait le voyage à Marrakech, j'aurais voulu, oui, qu'il me prouve que je compterais pour lui, moi, sa seule fille, soi-disant son enfant préféré, jusqu'à sa mort. D'un autre côté, je savais qu'il avait raison. Je n'aurais en aucun cas pu assister à cette union.

Puis, à force de l'écouter se justifier, je compris encore autre chose. Je perçus ce qu'il s'était joué au moment où il avait pris la décision de tenir ses trois enfants éloignés de l'organisation de sa nouvelle existence : s'il nous avait invités, comment aurait-il pu justifier notre absence auprès de la famille de son épouse ? Et j'avais l'impression d'entendre les questions canonner autour de lui. Pourquoi tes enfants refusent-ils d'assister à ton mariage ? aurait lancé la mère d'Asma. Il y a un problème avec tes enfants ? Tu es fâché avec eux ? aurait lancé le frère d'Asma. Qu'aurait-il pu répondre ? Comment mon père aurait-il pu éviter d'entacher sa réputation de géniteur dévoué ?

Le père d'Asma, lui, était mort. C'était le fils aîné qui avait endossé le rôle du patriarche. Asma avait dû lui demander, à lui, l'autorisation de se marier. Elle avait dû lui expliquer, à lui, les louables intentions de Jean-Pierre Hernandez, puisque tel était son nom, rencontré moins d'un mois avant, dans un bar de nuit, grâce à des amis communs. Elle avait dû formuler la sincérité de son amour pour ce Français qui voulait faire d'elle une épouse heureuse, à l'abri du besoin. Et elle avait dû se montrer convaincante : son grand frère avait tout de suite accepté de céder sa sœur de trente ans à un retraité français de soixante-six ans, l'âge exact qu'aurait eu, cette année-là, leur propre père, dont il ne faisait aucun doute, selon eux, qu'il aurait encouragé cette alliance – cette chance.

Pourquoi aurions-nous, nous ses enfants, refusé d'assister à ce mariage ? Pourquoi des enfants refuseraient-ils de se plier à l'invitation d'un père ? Les questions en auraient engendré d'autres. Pourquoi n'étions-nous pas plus proches de lui ? Pourquoi ses fils ne lui parlaient-ils presque plus ? Pourquoi moi, Carina, sa fille, sa fille chérie, gardais-je mes distances et ne planifiais-je aucun voyage vers lui ?

Mais pour répondre, il aurait fallu… *peut-être*…

Pour répondre, il eût fallu… qu'il cessât de mentir.

Je dis :

– Je vais raccrocher.

Il répondit :

– Je t'enverrai des photos. N'oublie pas qu'on t'attend avec Asma. Ne tarde pas à me donner tes dates.

Oren rentra tard. Son emploi du temps était saturé depuis qu'il travaillait à l'élaboration d'un bâtiment de logements sociaux à Marseille, projet qui lui tenait à cœur et lui permettrait d'approfondir sa vision environnementale. Le soir, il s'attardait dans sa petite agence située près de chez lui à Montreuil, et j'aimais imaginer ses yeux bleus concentrés sur l'écran de son ordinateur, à dessiner des plans qui, parfois, étaient si épurés qu'ils ressemblaient à de grands tableaux abstraits, tandis que, de mon côté, je tentais d'écrire. Ainsi nos deux activités s'articulaient selon un rythme harmonieux, et, par respect pour son travail, il était rare que je l'appelle pour qu'il me rejoigne plus tôt. Sauf ce soir-là.

Oren me trouva au lit et, à ma demande, il vint s'allonger contre moi. Mes larmes mouillèrent ses lèvres quand il m'embrassa, et je me blottis dans ses bras comme dans un châle guérisseur. Mais à mesure que je lui racontais les détails de ma peine, entre deux sanglots, je sentais son torse s'écarter de moi, lentement, presque imperceptiblement, je sentais son corps sculpter un vide entre nous. Et tandis qu'une tristesse silencieuse s'emparait de lui, je prenais conscience de la dénaturation du lien qui m'unissait à mon père. Les parents d'Oren, eux, n'étaient pas divorcés. Ils étaient rarement entrés en conflit devant lui. La décomposition de ma famille stupéfiait Oren autant qu'elle l'accablait. Même s'il mesurait mon chagrin il préférait répéter *« je ne sais pas quoi dire », « je ne sais pas »*, plutôt que de juger et condamner mon père à mots ouverts, craignant peut-être d'admettre qu'il ne trouvait pas cela si scandaleux un homme qui n'invitait pas ses enfants adultes à son mariage, cherchant peut-être à éviter d'alimenter ma douleur. Alors que j'aurais voulu que, comme moi, il s'indigne face à un père qui délaissait sa fille, qu'il se scandalise de ce que je nommais un *sacrilège*.

Cependant, plus Oren retenait ses commentaires et plus je culpabilisais de dire du mal de mon père. Oren me parlait toujours du sien avec des mots si élogieux. Sur les photos, mêmes cheveux bruns que son fils, épais comme des branches, toujours bien peignés, raie à gauche, chemise blanche col mao et blouse noire, l'uniforme éternellement impeccable. L'homme avait couvé son fils toute sa vie et lui avait transmis l'amour de l'architecture. Je n'avais vu Oren pleurer qu'une fois depuis notre rencontre : lorsqu'il avait évoqué la promesse faite à son père, quelques heures avant sa mort, de s'acharner au travail, d'être à la hauteur de la petite agence d'architecture qu'il avait fondé l'année de sa naissance et dont il espérait qu'elle perdure encore des années et des années.

Un être que ses parents avaient aimé à ce point me semblerait toujours étrange, plus éloigné de moi que la plus lointaine des planètes. Et quand je pensais trop longtemps à ce fossé entre Oren et moi, je craignais pour la pérennité de notre couple. Deux personnes issues de familles aussi différentes pouvaient-elles se comprendre ? Il fallait que l'on s'aimât beaucoup.

Oren s'émouvait de découvrir mes blessures d'enfance que je lui révélai seulement par bribes, de peur de l'horrifier. Il m'écoutait, me comprenait, mais il craignait que mon ressassement ne se transforme en un ressentiment indélébile qui engluerait chacun de mes élans, jusqu'à ma faculté de croire en l'avenir, jusqu'à ma capacité à aimer. Il tentait de me consoler en m'embrassant, aspirant mon souffle comme s'il avait voulu avaler, avant qu'elles ne s'échappent, toutes les injures impardonnables que j'avais envie de proférer. *Ça va aller*, murmurait-il. *Je suis là.*

Oren était là, oui, et il entreprit de me changer les idées en me montrant son travail sur son ordinateur portable, ses plans en 3D qui permettaient de se balader à l'intérieur du bâtiment qu'il était en train d'imaginer. Il avait élaboré son style en opposition à toutes les modes déconstructivistes qu'il jugeait artificielles : il aimait, comme moi, l'épure, les lignes et les propositions d'apparence simples mais de force symbolique, presque éternelle, les cercles, les carrés. Il recherchait le dénuement. Le dénuement contribuait au repos de l'esprit et rendait d'autant plus saillant chaque relief : la forme de son projet d'habitation sociale que je découvris alors était un grand cube. Le matériau, du béton armé peint en noir. Les fenêtres, de minces bandeaux horizontaux. J'admirais la radicalité de sa proposition. C'était magnifique. Pourtant, face à ce bunker, je ressentais aussi un malaise, presque un étouffement. J'avais l'impression que les habitants manqueraient d'air et de lumière. Cet immeuble aux murs quasiment aveugles ne me semblait pas correspondre à la philosophie d'Oren qui m'avait maintes fois expliqué son envie de construire une architecture en communion avec l'environnement. Il m'écoutait, ne s'offusquant d'aucune de mes remarques, prenant le temps de me résumer ses contraintes, la spécificité du site insalubre sur lequel il devait bâtir, l'immeuble devant s'élever entre une déchetterie et un terrain vague aux allures d'enfer. Oren avait choisi de positionner les fines fenêtres des appartements en hauteur. Ainsi les habitants ne bénéficieraient pas d'immenses baies vitrées, certes, mais la contemplation de l'énorme usine dont les cheminées fumaient en permanence leur serait épargnée. À la place, des meurtrières, percées au niveau du plafond, leur offrirait une échappée vers le ciel.

Je regardai mon vasistas. La journée, j'aimais la vue de l'horizon des toits parisiens. Ils étaient, à cet instant, couverts de nuit. Mon unique fenêtre sans rideau ne formait plus qu'un rectangle noir, sans mouvement, presque aphotique. Épuisé, Oren m'enlaça et me demanda l'autorisation de sombrer dans le sommeil. Alors je l'étreignis plus fort, comme si sa respiration, son parfum et la texture de sa peau avaient eu le pouvoir de m'aider à arrêter de penser à mon père. Comme si j'avais pu, le temps d'une caresse, rejeter mes obsessions. Puis je tentai de me concentrer sur mon roman. D'en visualiser la construction. Au regard du cube d'Oren que je venais de découvrir, mon récit manquait de simplicité, d'évidence de pureté, et je me mis à essayer d'amputer mentalement toutes les excroissances inutiles de ma narration impossible à résumer en une phrase. *C'était l'histoire d'un homme qui échouait à s'occuper de sa fille de six ans depuis la mort de sa femme… C'était aussi l'histoire de cette enfant de six ans qui refusait de croire que sa mère était morte… qui refusait de croire que…*

Mais mon père avait menti.

Je ne parvenais à m'ôter cette réalité de l'esprit.

C'était comme si son mensonge avait érigé une barrière, m'empêchant d'entrer dans la justesse de l'espace de mon roman.

Comme si je craignais que mon roman ne soit contaminé par cette fausseté.

Mon père avait menti. Il avait vernissé mon enfance, notre enfance à mes frères et à moi, une enfance qui, entre ses lèvres, s'était convertie en une imagerie laquée, un mirage de protection, d'abondance, avec ses fêtes de Noël et ses innombrables poulets dorés.

Mon père avait menti.

Mon père n'avait pas décrit :

le cagibi,

au cœur de notre logement familial situé au seizième étage d'une tour qui en comptait dix-huit, dans une cité de banlieue mal réputée,

le cagibi,

trois mètres carrés peints en mauve lilas,

avec ses six petits clous plantés au mur de gauche,

six crochets,

auxquels sa collection de six rallonges électriques était suspendue.

Mon père n'avait pas relaté :

la façon dont il y surgissait, dans ce cagibi,

dès que nous, mes frères ou moi, faisions trop de raffut,

la façon dont il l'attrapait, l'une de ses rallonges électriques,

la plus rigide, l'écrue, celle qui zébrait la peau.

Mon père n'avait pas raconté :

son geste rapide et sec quand il fouettait mes frères, l'un après l'autre, ses fesses à lui moulées dans le jean qu'il enfilait chaque soir en rentrant après avoir pris soin de mettre la veste et le pantalon de son costume sur cintre pour ne pas les salir des poussières de la maisonnée,

son rictus et son cri quand il les flagellait, mes frères, tandis que moi, petite, je courais me terrer derrière la porte de ma chambre, m'accroupir, mains sur mes oreilles, coudes ramenés devant mon visage – terrifiée.

Mon père n'avait ni raconté, ni relaté, ni décrit, ce cagibi, ces rallonges électriques, ces coups, ces blessures, ces cris.

Asma n'en entendrait jamais parler de son vivant.

*Ce qui n'est pas nommé n'existe pas.*

Pour Asma, le cagibi mauve lilas n'existait pas.

Pour Asma, Jean-Pierre Hernandez, mon père, incarnait l'époux qu'elle avait attendu toute sa vie : et maintenant il s'occuperait d'elle. D'elle uniquement.

## 6

## LA CONVERSION

Je me réveillai avec un goût de sang au bout de la langue. Mordue en dormant. Mon dos brûlait d'une nuit lacérée de nouveaux cauchemars. Neuf heures. Oren m'avait laissée dormir, il était parti travailler. Son côté du lit avait refroidi. Il avait pris son café, laissé sa tasse sale dans l'évier et posé le torchon de la cuisine en boule sur le plan de travail. C'était l'un de nos rares objets de dispute. Je détestais voir le tissu chiffonné risquer de s'empuantir alors qu'il suffisait de l'accrocher à sa patère pour qu'il sèche convenablement. Je balançais le torchon dans le panier de linge sale et le remplaçai par un propre que je pris soin de lisser d'une caresse avant de le suspendre. Bien en place. J'ouvris le vasistas. Le camaïeu acier du ciel chargé de stratus paraissait avoir été peint par une main insane, gribouillis de lignes, incohérences, et je pressentis que ce serait une journée blanche, un de ces tunnels stériles où je ne pourrais pas écrire un mot, mon roman stagnerait, point mort, rien à faire. J'allumai mon ordinateur quand même, par réflexe, au cas où, et trouvai dans ma boîte mail une série d'une dizaine de photographies pixellisées prises avec un appareil numérique bas de gamme. Le visage d'Asma m'apparut pour la première fois. Une jeune femme de trente ans, soignée, aux traits harmonieux, cheveux noirs, denses, longs, lissés par un brushing, peau sombre, grands yeux bruns, petit nez rond et droit, et lèvres lourdes chargées d'un gloss transparent aussi scintillant que les paillettes colorées de ses caftans.

– Dans la région où Asma est née, m'expliquerait mon père, on réserve les habits blancs pour honorer les défunts.

Elle posait dans deux tenues différentes. Un caftan bleu saphir pour la cérémonie religieuse. Un rouge carmin pour la fête familiale. Et elle souriait, bouche fermée, sage, pareille à une demoiselle de compagnie mélancolique qui n'oserait pas bouger de peur de froisser ses habits, de vexer sa famille, de déplaire à mon père dont elle savait qu'il devait demeurer satisfait. Filiforme, petite, elle ne me ressemblait pas du tout. Cela me rassura.

Je regardai les autres photos.

Sur l'une d'entre elles, en plan large, une demi-douzaine de membres de la famille d'Asma tapaient dans leurs mains, bouches chantantes, et je pouvais presque entendre leur allégresse, les youyous criés, répétés, presque humer les parfums d'épices incrustés dans leurs doigts qui avaient cuisiné des jours entiers, pastillas, couscous, tajines, pâtisseries à l'amande, à la pistache, au miel, et notamment des chabakias, les douceurs préférées de mon père, par dizaines. Presque toutes les femmes âgées portaient un hijab, mais la chevelure des plus jeunes femmes, comme celle d'Asma, était libre. La silhouette de sa mère était épaisse. Celles de ses sœurs étaient épaisses. Celles de ses cousines étaient épaisses.

Sur une autre photo, Asma, unique avec sa maigreur, se tenait très droite, altière, comme pour montrer sa fierté d'introduire dans le cercle familial un homme tel que mon père, un mari. Personne ne l'aurait sans doute formulé ainsi autour d'elle, mais l'espoir avait été transmis en silence, de regard en regard. Mon père était comme un bien qu'Asma venait d'acquérir et dont toute la famille pourrait profiter. Aussi était-il accueilli en conséquence, en seigneur. Il n'avait eu qu'à rester assis. Tous les mets salés et sucrés avaient glissé jusqu'à lui.

Au creux du cou d'Asma, au bout d'une chaîne, brillait une petite main de Fatma en or.

Et lorsque mon téléphone sonna, la question que je n'avais pas encore posée à mon père fusa d'elle-même entre mes lèvres. S'était-il converti ? Comment cela s'était-il passé ?

– Oh c'est pas grand-chose, tu sais, Carina, me répondit-il. Ça prend un quart d'heure. L'imam te demande de rappeler les cinq piliers de l'islam et il te fait réciter la formule devant témoins. C'est juste une phrase qu'il m'a autorisé à prononcer en français. Je lui ai donné un pourboire. C'est comme ça que ça marche là-bas.

– Un bakchich ?

– Un don, plutôt. Cinq cents dirhams, c'est-à-dire cinquante euros. Ça va.

– Comment tu te sens ?

– Je n'ai pas l'intention de faire ma prière cinq fois par jour ni d'arrêter de boire du vin et de manger du saucisson, si c'est ça qui t'inquiète. C'est juste une formalité administrative. Un acte banal.

À partir de ses mots, je tentai de visualiser cet *acte banal*.

Mon père entrait dans une petite pièce de la mosquée meublée d'une table, de trois chaises, d'un tapis assorti au papier peint cramoisi déchiré, zellige céruléen ébréché sur les murs. Il saluait l'imam qui lui avait donné l'autorisation de prononcer la profession de foi en français, la chahada : « Je certifie qu'Allah est le seul Dieu, je certifie que Muhammad est son prophète. » Ou peut-être a-t-il dit : « J'atteste qu'il n'y a qu'un Dieu qui est Allah, j'atteste que Muhammad est son messager. » Ou bien « Je témoigne ». L'imam était un homme taciturne d'une quarantaine d'années, trapu et maigre, dont mon père ne parvenait pas à prononcer correctement le nom en arabe, pas plus qu'il ne pouvait dire les noms de ses deux témoins musulmans qu'il rencontrait pour la première fois. Ceux-là étaient restés debout derrière l'imam. Ils avaient écouté la récitation en silence avant de saluer fraternellement mon père d'une poignée de main. Il ne les avait jamais revus. Tous les hommes étaient vêtus de djellabas blanches, sauf mon père qui portait son jean Levi's quotidien, une chemise bleu ciel et le bomber en cuir noir que sa femme avait choisi dans sa boutique préférée du souk, contrefaçon d'un modèle de grande marque qui rajeunissait son allure et dont il ne se séparerait plus jusqu'à sa mort. Il avait remis son certificat de naissance, quatre photos d'identité, son passeport, son justificatif de domicile à Marrakech, et, quelques jours plus tard, il avait récupéré son attestation adoulaire de conversion tamponnée et signée. Avant le jour dit, mon père n'avait consulté l'imam qu'une fois. Il avait exposé ses motivations, son mariage à venir, son amour pour une femme musulmane, inutile de s'expliquer davantage. Sa démarche de Français catholique retraité s'avérait très courante au Maroc. L'imam lui avait désigné ce qu'il devrait apprendre par cœur. La connaissance des cinq piliers et la récitation de la chahada à voix haute avaient été l'ultime preuve de sa foi.

– La circoncision n'est pas obligatoire pour les adultes qui se convertissent, m'expliqua mon père. Mais de toute façon je suis déjà circoncis, ça se faisait même pour les chrétiens quand j'étais petit au Maroc. Pour des questions d'hygiène, d'après ma mère.

Asma, elle, n'avait pas assisté à l'*acte banal*. Elle avait attendu son futur époux dehors, larmes aux yeux, habillée, coiffée, ses longs cheveux lissés, maquillée avec soin. Elle aussi était vêtue d'un jean et d'un bomber en cuir noir acheté le même jour que celui de mon père, dans la même boutique du souk, pour qu'ils se ressemblent, unis jusque dans leurs vêtements, jusque dans la forme des tissus touchant leur peau, parce que cet acte, cet *acte banal*, il l'accomplissait pour elle, et qu'elle l'accueillait à sa juste valeur, cette preuve d'engagement, la plus grande qu'elle ait reçue d'un homme. Dès qu'il était sorti de la mosquée elle l'avait accueilli dans ses bras, et ses larmes n'avaient pu s'arrêter de couler pendant de longues minutes. Elle avait encore pleuré souvent jusqu'au jour du mariage, entre incrédulité, doute, peur, joie, bonheur, elle avait pleuré le jour du mariage, et le matin en revêtant son premier caftan, et le soir en se déshabillant, pleuré quand elle avait donné sa démission à son patron dès le lendemain de la fête, maintenant qu'elle n'avait plus à travailler pour subvenir à ses besoins, selon la promesse faite à mon père, selon leur pacte. Elle le chérirait jusqu'à sa mort. Il paierait tout.

Je demandai à mon père comment il se sentait, maintenant qu'il était musulman.

– Ça ne change rien, me dit-il.

Était-ce vrai ? Était-ce possible ? Cette conversion pouvait-elle vraiment ne *rien* changer, ne *rien* modifier ?

Le verbe *convertir* vient du latin *conversio* : action de tourner, de changer de direction, de transformer une chose en une autre.

N'était-ce pas une *nouvelle* direction qu'il venait de prendre ?

Quel genre de retournement n'avait-il pas encore conscience d'avoir accompli ?

Quelle métamorphose ?

Asma avait choisi le prénom musulman de mon père. Il s'appellerait désormais Medhi. Elle le surnommerait Midhou. *Midhou chéri* chantonnerait-elle à longueur de journée. Inscrit en arabe sur l'acte de conversion, Medhi signifie celui qui est guidé par Dieu, le Sauveur à la fin des temps. Midhou chéri serait le sauveur d'Asma désormais.

– Medhi c'est bien, ça me plaît, dit mon père.

Que représente un prénom ? Je pensais aux pharaons dont les multiples noms garantissaient leur immortalité : tant que leurs noms seraient prononcés et resteraient en mémoire, ils continueraient de vivre. Mon père n'avait pas exactement décidé que sa personnalité antérieure disparaîtrait. Certes, sa mère n'était plus là pour le surnommer Juan, version espagnole de Jean : du jeune Juan qui courait dans les rues de Casa, jusqu'à ses seize ans, il ne restait peut-être plus grand chose. Mais ses amis français continueraient à l'appeler Jean-Pierre, à s'adresser à lui comme avant. Medhi pour les amis marocains et la famille de sa femme. Midhou pour Asma. Quant à moi, ma difficulté à l'appeler papa grandissait, au point qu'à chaque fois que je m'adressais à lui en utilisant les deux syllabes paternelles, il me le faisait remarquer d'une voix brisée.

– Oh ma chérie, j'aime bien quand tu m'appelles *papa*.

Je demandai s'il lui avait été difficile de mémoriser la profession de foi. Il avait répondu que c'était simple. Simple : une phrase en deux parties à retenir, à prononcer. Simple, car il n'avait rien eu à renier : il ne croyait en rien, disait-il.

– Je ne crois en rien, Carina.

Était-ce vrai ?

– Hélas, je n'ai jamais cru en Dieu, assurait-il.

Était-ce vrai depuis toujours ?

Je l'ignorais.

J'ignorais s'il avait cru en Dieu ne serait-ce qu'un instant. D'origine espagnole, catholiques pratiquants, ses parents l'avaient fait baptiser à sa naissance. Comme la plupart des enfants, à un moment donné de son apprentissage, je supposais qu'il avait dû interroger la magie du monde et imaginer l'existence d'un être surnaturel. Peut-être avait-il même frémi d'admiration en écoutant le récit des miracles que Dieu, selon les textes sacrés, était capable d'accomplir. Et il avait dû croire, oui, ne serait-ce qu'un instant. Influencé par sa mère pieuse qui ne manquait jamais une messe à la télévision le dimanche matin et vivait dans l'idolâtrie du pape Jean-Paul II dont elle avait déposé le portrait sur sa table de chevet. Influencé par le catéchisme suivi à l'école chez les jésuites, par les prières apprises, *Notre Père*, *Je vous salue Marie*. Influencé par la préparation à la communion. Par l'action d'enfiler une aube pour participer au chœur. À force de renouveler les gestes, de suivre une rigueur de répétition enseignée, prières récitées, génuflexions, signes de croix, eucharistie, à force, la foi avait dû s'immiscer dans l'une des fissures de son être, dans l'une de ses faiblesses. Ne serait-ce qu'un instant, Dieu se serait révélé, Dieu aurait rayonné en lui. Peut-être pas jusqu'à cette joie pascalienne prononcée trois fois, peut-être pas jusqu'aux pleurs de joie, jusqu'à la révélation suprême, jusqu'au feu. Mais la croyance aurait pu l'atteindre, oui, comme elle m'avait atteinte, moi, et je me rappelais cette chaleur, cet envahissement de confiance, cette adhésion complète, cette certitude de la véracité des évangiles, cette sérénité, comme une orfèvrerie d'amour venue resplendir en moi, un jour que j'écoutais le chant des bénédictins dans l'église romaine Sant'Anselmo : la beauté de cet *Ave Maria* grégorien a cappella et à l'unisson avait éclairé un lieu intérieur si profond – si pur. Mon émotion s'était élevée au-delà de la fascination esthétique et la foi avait trouvé une voie, oui, elle était entrée dans l'une des fissures de mon être, dans l'une de mes faiblesses, un instant éphémère mais puissant, palpable, j'avais entrevu une lumière, une guérison, j'étais entrée en relation avec le monde invisible, et j'avais cru en Dieu. Puis comme elle m'avait quittée la foi l'aurait quitté, lui aussi, à l'âge adulte, peut-être, au moment de la mort prématurée de son père, le chagrin l'envahissant, l'absurdité de sa propre finitude le saisissant, il n'aurait plus été en mesure de parier sur la moindre existence divine. Mais il ne s'agissait que d'une supposition. Mon père ne m'avait jamais parlé d'un événement ayant eu une quelconque influence sur ses croyances. Comment savoir ? C'était la première fois, lorsqu'il m'avait annoncé sa volonté de conversion, qu'il évoquait sa vie spirituelle. Et l'unique conclusion transmise était : *je ne crois en rien.*

Moi non plus. Je ne croyais en rien. Je me sentais proche de la culture chrétienne parce que c'était la seule que l'on m'avait enseignée. Mes parents ne m'avaient pas fait baptiser à ma naissance, faute de conviction, mais mon père m'avait inscrite dans un collège privé pour m'épargner les mauvaises fréquentations de notre banlieue mal réputée, et c'était dans ce cadre que, l'année de mes treize ans, pendant le catéchisme, les religieuses avaient fini par me convaincre de recevoir le sacrement du baptême. Ainsi mon entrée dans la communauté des catholiques ne fut pas l'aboutissement d'une démarche spirituelle profonde : j'avais surtout agi pour me sentir égale à mes frères qui, eux, avaient été baptisés nourrissons. À peine avais-je mémorisé les prières, et souvent j'avais peur de me tromper de sens en faisant le signe de croix quand je visitais les églises. Et lorsque je regardais le ciel, les montagnes, la mer, les plantes, et toutes les créatures vivantes, la conviction d'une causalité divine ne s'imposait pas. Je ne voyais qu'effritement à venir, catastrophes à venir, extinction à venir, et guerres, et guerres, et guerres, je ne constatais qu'une absence de sens, qu'un silence. La nuit, je criais de mes cauchemars. Aucune prière ne les apaisait.

L'incandescence qui m'avait traversée pendant l'écoute de cet *Ave Maria* avait été si éphémère. Depuis des années, je me présentais comme athée. Je prônais la laïcité et la liberté de culte. J'acceptais la religion comme une affaire individuelle, privée. Et je ne voulais pas me mêler de la foi des autres. Pourtant la conversion de mon père m'avait blessée. À un endroit difficile à définir. Comme s'il avait trahi l'une de mes croyances inconscientes. Un *besoin de croire* enfoui, peut-être. Le besoin de me laisser guider. De suivre une route que l'on aurait choisie pour moi. Ou, tout simplement, le besoin d'accorder ma confiance : un espoir caché dans un des espaces verrouillés de mon être aurait, malgré moi, persisté à croire en l'existence de la Trinité chrétienne.

Et puis, à cette souffrance intime vinrent se tresser d'autres interrogations, que je peinais tout autant à dénouer. Des inquiétudes, difficiles à avouer, liées au nom même de la religion que mon père venait d'épouser. Des craintes, qui devaient me conduire à me poser la question frontalement, honnêtement : aurais-je réagi différemment si mon père s'était converti au judaïsme ? Ou au bouddhisme ? Ou à n'importe quel autre dogme ? Moi l'antiraciste, moi la tolérante. Moi l'humaniste qui vivais en Occident, au commencement du XXIe siècle. Moi qui avais vu les deux tours de New York attaquées en direct à la télévision. Et qui les avais revues de multiples fois, ces tours. En boucle. Sur les écrans. Pendant des heures. Être percutées. S'incendier. S'écrouler. Et encore. Creusant mon traumatisme. N'étais-je pas moi aussi contaminée par l'islamophobie de mon époque ? Étais-je en train de devenir le contraire de ce que j'aurais voulu être ?

Bien sûr, quand on parlait du 11 Septembre et de ses conséquences avec mon père, il traitait les djihadistes de fous. Il niait leur foi et leurs motivations religieuses. Seule une haine malsaine et une folie vengeresse expliquaient leurs actions à ses yeux.

– L'Occident est critiquable, c'est certain, mais ceux-là c'est des cinglés, disait-il. Je sais que la majorité des Marocains condamne les actes terroristes.

Lui-même aurait été incapable de définir plus précisément l'islam du royaume : sunnite ou soufi, les termes exacts, il les ignorait. Les subtiles variations entre les différents courants islamiques, il les méconnaissait. Mais mon père était sûr de lui : au Maroc, le culte était synonyme d'amour, de solidarité, chaque croyant porté par le désir de suivre une voie droite, de s'élever vers le bien, de se soumettre pacifiquement à Allah, à une puissance plus grande qu'eux, clémente, miséricordieuse. Même la condition des femmes s'était bien améliorée au Maroc selon lui qui n'avait jamais été très exigeant de ce côté-là. Et mon père réitérerait souvent sa confiance en cet islam qu'il venait d'épouser, même lors des attentats du café Argana à Marrakech où il avait pris un thé le jour même en compagnie de sa femme, échappant, à une heure près, à l'explosion. Discussion réglée. Il ne souhaitait pas en parler davantage. Et surtout pas par téléphone. Il se méfiait des écoutes téléphoniques comme ces Marocains qui avaient pris l'habitude d'éviter de formuler la moindre critique politique par peur du Roi, de la loi, de la prison. La véritable religion de mon père avait de toute façon toujours été son plaisir personnel.

Cependant mon questionnement ne cessait pas. Sa conversion était-elle vraiment vide de conviction spirituelle ?

Puisqu'il l'avait récitée, la chahada. Puisqu'il l'avait changé, son prénom. Puisqu'il les avait appris par cœur, les cinq piliers. Puisqu'il possédait un exemplaire du Coran. Et même s'il ne l'avait jamais lu, il faisait toujours attention à ne pas ranger le Livre sous d'autres livres, le maintenant accessible, visible, au-dessus de la pile, par respect pour la croyance de son épouse en la nature divine de cette parole.

Mon père m'assurait qu'elle était un *acte banal*, cette conversion, une formalité. Mon père me jurait qu'il ne s'en trouvait pas changé.

Était-ce possible ?

Plus tard, lorsque je tenterais d'approfondir mes connaissances, je lirais les articles de sociologues qui travaillaient à établir une typologie des différentes conversions à l'islam. La plupart du temps, l'on se convertissait porté par la foi, qu'elle soit spirituelle, ou mystique, ou fanatique. L'on pouvait également se convertir par affinité, guidé par des liens de proximité avec la culture, avec la tradition islamique. Cependant, certaines conversions, *a priori* dépourvues de foi, pouvaient être qualifiées d'instrumentales, uniquement destinées à « obtenir un gain personnel immédiat » : un mariage, une opportunité professionnelle. Mon père, qui assurait n'avoir eu aucune révélation divine, se situait *a priori* dans le dernier cas de figure. La conversion de Juan-Jean-Pierre-Medhi-Midhou Hernandez était instrumentale. Opportuniste. Fin de l'analyse.

Alors de quoi avais-je peur exactement ?

*« Un changement de religion est pour l'âme comme un changement de langage pour l'écrivain »*, écrit la philosophe Simone Weil, elle-même convertie au Christ, dans son autobiographie spirituelle.

Il y avait la peur, peut-être, que mon père se transforme.

La peur, peut-être, de ne plus le comprendre.

La peur qu'il m'échappe pour toujours.

– Je ne crois en rien, avait-il dit.

– Je ne vais pas arrêter de boire du vin ni de manger du saucisson si c'est ça qui t'inquiète, avait-il dit.

Pourtant.

Son choix, j'en souffrais comme s'il n'était rien d'autre qu'un nouvel abandon, une réplique d'abandons très anciens, résonance de la source de mes plus profondes blessures.

7

# MAMAN

Et c'était comme si le souvenir du départ maternel soudain se réincarnait. Je revivais cet abandon-là, daté d'un jour d'hiver : à chaque heure ma mère revenait me hanter, à chaque minute, revenait me heurter.

À cet instant encore, je la revois.

Maman se tient là, devant moi, à travers mes larmes. J'ai six ans. J'observe son dos. J'ai six ans. Elle passe le pas la porte. Visage baissé, main droite crispée sur la poignée de sa valise.

*Où vas-tu toi qui me quittes ? Toi dont l'empreinte a l'aspect de cette étreinte qui s'enfuit à mesure qu'on la réclame, qu'on la cherche ?*

Je la vois. Maman a revêtu la veste de renard gris qu'elle vient de s'offrir, avec son propre argent, contre l'avis de mon père qui la lui avait toujours refusée. Il l'avait traitée d'égoïste d'en avoir eu envie alors que lui, en ce temps, n'était qu'un modeste employé subvenant seul aux besoins d'une famille nombreuse, femme, trois enfants beaucoup trop bruyants. Il l'avait épousée en 1964, un an avant la loi française qui autoriserait les femmes à ouvrir un compte en banque sans avoir besoin de l'autorisation de leur mari : il avait décrété qu'elle ne travaillerait pas, qu'elle s'occuperait des enfants et qu'il gérerait toutes les dépenses. Or, cet habit de renard gris, ma mère l'avait voulu plus que tout. Elle avait cherché du travail en cachette et, dès que cela fut possible, avait accepté le premier poste ne nécessitant aucun diplôme qu'une amie lui avait signalé, ouvreuse dans un cinéma Gaumont situé au sous-sol du Forum des Halles. Il avait fallu que mon père se résigne, et tous les mercredis et tous les samedis elle s'était appliquée à guider les spectateurs dans la pénombre des salles à l'aide d'une lampe torche en même temps qu'elle cherchait à leur vendre les bonbons et les glaces qu'elle transportait dans un panier suspendu à son cou. Chaque salaire économisé, chaque pourboire, jusqu'à parvenir à acheter son trésor dans un petit magasin du Sentier à bas prix. Ce n'était pas un vêtement confectionné dans un atelier de haute couture. Mais il était cher à ses yeux. Il symbolisait son choix de femme de trente-six ans capable de gagner de l'argent, son argent, sans avoir à rendre des comptes. Désormais elle porterait ce costume qu'elle s'était choisi, qui la montrerait telle qu'elle voulait être, indépendante. Et moi, enfant, je la regarde, je l'admire d'avoir eu l'audace d'acquérir un ornement si luxueux qui la pare telle une cape de reine. Dans l'ignorance de toute cruauté liée à la fabrication de cette fourrure, je chéris tous ces magnifiques renards gris qui se sont sacrifiés pour maman, pour que je puisse l'admirer se blottir dans une telle splendeur de douceur. Combien de fois avant qu'elle parte ai-je caressé avec mes mains, avec mes joues, avec mes lèvres, ces manches et ce col soyeux, m'enivrant de leurs exhalaisons de cuir, m'en étouffant presque, combien de fois me suis-je lovée à l'intérieur du délice de ce cocon ?

Mais maintenant elle est dans le hall de la tour. J'ai six ans. Elle me tourne le dos. J'ai six ans. Elle s'éloigne.

Enfin quelques secondes à peine esquisse-t-elle le geste de se retourner vers moi. Et, une dernière fois, j'aperçois son visage. Elle a les cheveux teints en blond vénitien. Le fard de ses paupières est vert émeraude comme ses iris. Et son mascara assorti, épais, a coulé sur ses joues, creusant ses cernes profonds.

*Où vas-tu toi qui te détournes ?*

J'avais six ans. J'étais sur le seuil de l'appartement, au seizième étage de notre tour de banlieue parisienne mal réputée qui en comptait dix-huit.

J'observais maman ne me jetant plus un regard.

Elle entrait dans l'ascenseur.

Elle disparaissait.

Mon père se tenait à côté de moi.

Les manches de sa chemise blanche retroussées.

Il avait assisté à son départ, lui aussi.

Il avait écouté l'ascenseur se refermer, le mécanisme s'actionner, la cabine se mettre à descendre.

Sans un mot, il me tirait à l'intérieur de l'appartement et claquait la porte.

Sans un regard, il allait s'enfermer dans son cagibi, ses trois mètres carrés aux murs peints en mauve lilas.

Et j'entendais sa collection de rallonges électriques, ses fouets préférés, s'entrechoquer à son passage.

*Où vas-tu toi qui m'échappes ?*

Devant la porte close, alors, je me retrouvai seule.

Me réfugiai dans ma chambre.

Et tombai en pleurs sur mon lit.

Et tombai.

Et tombai.

Bientôt la photographie de ma mère que je poserais sur ma table de nuit s'altérerait sous l'effet répété de mes baisers, prières pour son retour.

Bientôt son visage de papier, à l'endroit le plus dégradé, le plus déchiré, sous l'effet de ma bave, semblerait recouvert de *larmes vertes*.

# 8

# LE BONHEUR CONJUGAL

Musique à fond. *The Cure.* Je me mis à remplir de livres des dizaines de cartons de déménagement : Oren venait de me proposer d'emménager chez lui. Ça paraissait évident, notre envie de vivre ensemble. Nous étions au milieu d'un mois de mars surmonté d'un ciel bleu délavé dépourvu de nuages. L'appartement d'Oren était plus spacieux que le mien. Salon lumineux. Ça paraissait évident, et joyeux, et superbe. Pourtant ma décision n'avait pas été facile à prendre. J'étais attachée à mon studio situé en plein Paris. Cinquième étage sans ascenseur, un unique vasistas, mais un loyer très bas pour le quartier. J'avais peur de ne jamais retrouver l'équivalent en cas de nécessité. Oren, lui, était propriétaire de son deux-pièces acheté en partie grâce à l'héritage de son père décédé deux ans auparavant, situé dans les hauteurs de Montreuil près de la rue où il avait grandi. Ce quartier plein de tours à l'architecture bâclée n'avait pas le charme de mon quatrième arrondissement, mais Oren pensait que ça m'aiderait de ne plus avoir à payer de loyer pendant quelques mois, qu'ainsi je pourrais me consacrer à plein temps à l'écriture de mon roman. Je lui avais fait lire mes premières pages comme pour qu'il me donne cette autorisation que je ne parvenais pas à m'accorder, celle de m'immerger dans mon texte de façon exclusive, unique façon, me persuadais-je, d'en finir. Comme à son habitude, Oren avait établi des parallèles avec ses dessins. Pas un ornement en trop. Pas un mur en trop. C'était une architecture *« spirituelle et émotionnelle »*, disait Oren qui aimait citer Tadao Andō, une structure liée au *« désir d'inspirer des perspectives intérieures chez l'individu, de correspondre avec des espaces qu'il garde au fond de lui-même »*.

J'essayais de poursuivre cette ambition : par la fiction, explorer mon espace intérieur. Ma nudité. Espérant atteindre un lieu au-delà de moi-même qui me relierait aux autres, peut-être, au monde. Créer un espace de questions et de connexions. Mais il y avait dans mon projet une énigme qui me résistait. Enfilades de couloirs obstrués. De portes condamnées.

*C'était l'histoire d'un homme qui peinait à s'occuper de sa fille de six ans après la mort de son épouse… Et aussi l'histoire de cette enfant qui, délaissée, refusait de croire que sa mère était morte…*

Or le personnage du père fonçait sur sa moto comme un aliéné, la nuit, tournant en rond dans une forêt de hêtres foudroyés, jusqu'à l'aube et il se perdait, s'épuisait, sans cesse à la recherche de femmes, toujours plus de femmes, pendant que son enfant, sa fille unique, passait ses nuits seule, dans la grande maison, à cauchemarder et à prier, à prier pour que sa mère ressuscite. Et elle avait peur. En permanence. Et elle avait froid. Bientôt, elle serait prise de fièvre. Allait-elle, comme sa mère, mourir ? Je l'ignorais.

De son vivant, la mère de l'enfant avait repris des études pour devenir architecte et avait accumulé avec passion les dessins d'architecture spéculative, imaginant des bâtiments écologiques destinés à améliorer la vie des habitants en symbiose avec un environnement protégé. Mais elle n'avait jamais rien construit. Elle n'avait pas trouvé, semble-t-il, l'habitation idéale. Elle avait cherché. Elle s'y était épuisée. Elle avait laissé tous ses plans mystérieux à sa fille en héritage. C'étaient des rêves de bâtisses végétalisées, organiques, en forme d'hélice, dont on se demandait comment elles pouvaient tenir droite, en lévitation au-dessus du sol. Sa fille de six ans s'épuiserait à étudier le mystère de ces dessins comme si elle allait y découvrir la formule secrète de la résurrection maternelle. Allait-elle y parvenir ? Je l'ignorais.

C'était une écriture exploratoire et je creusais, j'attendais d'éprouver dans mon corps qu'une justesse advienne, dans le rapprochement de deux mots, dans la création d'une image, d'une métaphore comme processus de dévoilement du réel. Je voulais savoir pourquoi cette enfant ne parvenait pas à sortir du déni de la mort de sa mère, pourquoi ce père fuyait, la délaissait, la mettait en danger. Savoir, aussi, pourquoi cette mère était morte. Sa maladie, que son époux n'avait su guérir, me paraissait une explication incomplète. Sa maladie ne devait être qu'une conséquence. La tumeur maligne avait dû naître d'un mal-être profond qu'il me fallait observer, déterminer. Le mot *péril* devait être écrit. Le mot *consumation*. Le mot *désespoir*. Peut-être faudrait-il aller jusqu'à formuler le mot *meurtre*.

Évidemment, dans la réalité, ma mère n'était pas morte quand j'avais six ans. Elle avait fui. J'avais eu de ses nouvelles, par la suite, sporadiquement. Puis, rarement. Puis ce fut le silence.

Dans la réalité, mon père et moi n'avions jamais vécu dans une maison. J'avais grandi avec mes deux frères aînés en appartement, au seizième étage de cette tour qui en comptait dix-huit au cœur d'une cité de banlieue mal réputée bordée d'une autoroute tentaculaire. Très loin de la forêt.

Dans la réalité, je n'étais pas fille unique.

Mais moi aussi j'avais été en danger, enfant.

Moi aussi mon père m'avait souvent délaissée, la nuit.

Gouffres d'un manque maternel.

Gouffres d'émotion.

Or l'émotion, à travers ces fragments d'écriture accumulés, ces déchirures transcrites, l'émotion était ce mystère que je cherchais à définir : à comprendre. Cette émotion qui, quand elle est juste, justement observée, justement écrite, devient source de savoir. Et ce que je cherchais à connaître, je commençai à en avoir l'intuition à force de considérer ces écœurements mêlés de peur et de fascination, c'était si cet homme nocturne qui délaissait l'enfant était un monstre.

Aimait-il son enfant ou bien la honnissait-il ?

Plus j'écrivais et plus je prenais conscience que la narration que je façonnais sans frein, presque malgré moi, par-delà moi, que cette *fiction* m'aiderait, *peut-être,* à percer l'opacité de mon enfance réelle. *Fiction* : capacité humaine, outil de connaissance. Mon invention déposait ses questions au cœur de mon existence. Interrogeait la nature exacte du lien qui me liait à mon père.

Mais à cet instant j'ignorais qui il était, cet homme que j'écrivais, naturopathe, opiomane, endeuillé, sex addict, solitaire, misogyne ou bien fou de femmes, amoureux multiple, violent dans la nuit, doux souvent, je n'en percevais que des gestes ambivalents, ambigus, échappant à l'interprétation définitive. De mon roman, j'avais établi les fondations, monté des murs, creusé des fenêtres. Les dernières pierres m'échappaient.

Et je commençais à me figurer que l'inachèvement de ce roman serait peut-être sa juste forme. De même que le *non finito* révèle dans les sculptures de Rodin l'expression tragique de la condition humaine, mon *non finito* révélerait ma condition. Vie-œuvre ouverte. Vie-œuvre en cours. Vie-œuvre incomplète. Cependant, cet inachèvement, ce *non finito*, ne faut-il pas à un moment décréter que l'on s'y tiendra, que l'œuvre s'en trouvera complète dans l'idée de sa suspension ? Je n'y parvenais pas.

– Ne t'inquiète pas, Carina, me consolait Oren. Tu as tout ton temps pour y parvenir. Je suis sûr que tu vas y arriver. Je suis là. Je te soutiens. Je t'aide. Je sais ce que c'est que d'avoir besoin de temps pour créer. Je pars quinze jours à Marseille pour suivre le chantier de mon immeuble. Profite de mon absence pour avancer autant que tu peux.

Je résiliai donc le bail de mon studio. Je donnai ma démission. Mes économies en banque s'élevaient à trois mille euros et je me promis de m'accorder six mois pour écrire, à me serrer la ceinture, limitant mes dépenses à cinq cents euros par mois pour la nourriture, les produits de première nécessité, la carte de transport, le téléphone, le cinéma, les livres. Pas de vêtements neufs. Pas de restaurant. Pas de voyages. J'avais fait des comptes dans des tableaux. Oren, de toute façon, serait absent. Des amis, je n'en avais presque plus depuis que je travaillais à domicile, ma vie sociale restreinte à quelques coups de téléphone par semaine, quelques mails, deux grands amis en tout et pour tout, une femme, un homme, de plus en plus distants. Je n'avais jamais aimé la foule. La solitude, mon état naturel. J'avais donc commencé à faire mes cartons. J'avais ouvert mon vasistas en grand. Aperçu un soleil comme une fleur enfantine sur un ciel aquarelle. Deux pigeons roucoulaient et déployaient leurs ailes sur le toit. Leurs reflets s'emmêlaient sur une vitre de l'immeuble en face, deux silhouettes amoureuses ou martiales, impossible de décider.

J'empaquetais mes livres depuis deux heures, déjà, quand mon téléphone m'interrompit.

– Je suis heureux, Carina, me dit mon père. Je suis vraiment très *très* heureux.

J'enclenchai le haut-parleur, posai le téléphone sur un carton et poursuivis mon rangement que je n'avais pas l'intention d'interrompre au nom de son bon plaisir à me décrire son extase.

– On vient d'adopter un chaton, raconta-t-il. Très *très* mignon. Bien sûr qu'Asma aurait préféré avoir un enfant, à son âge c'est normal. Elle aimerait un souvenir de moi pour après ma mort, parce que je vais forcément mourir avant elle. Elle aimerait avoir un mini-moi, *un mini-Midhou*, comme elle dit. Elle m'aime vraiment beaucoup, tu sais, Carina, un enfant prolongerait l'amour qu'elle me porte. Mais moi je ne veux pas de gosse.

Le mot *gosse*.

– Et si elle tombe enceinte quand même ? je demandai.

– Hors de question. On en avait parlé avant de se marier. Le contrat est très clair. J'ai pas envie de me faire suer avec des gamins.

– Mais elle ne s'ennuie pas, elle, sans travailler ?

– Mais non. Je n'ai pas besoin qu'elle travaille.

Le mot *besoin*.

Que pouvais-je répondre à ça ? Il n'avait pas *besoin* de savoir parler arabe pour vivre à Marrakech. Il n'avait pas *besoin* qu'elle travaille. *Besoin* : le substantif déclencha en moi une guerre que je préférai taire, me concentrant sur mon tri de livres, évitant d'embarquer la conversation vers des contrées politiques féministes dont je savais qu'elles seraient explosives, et vaines. Voilà c'était ça, sa façon de dire sa vérité patriarcale. Asma avait été sélectionnée pour répondre à ses *besoins*. Et puisqu'elle y excellait, dans le renoncement de ses besoins à elle, mon père était certain de son amour. Jamais, moi, je n'aurais pu y pourvoir, à ses *besoins*. Bientôt, mon père officiellement attesterait mon désamour.

Je me détournai. Face à moi, le mur de mon studio était blanc. Un blanc un peu sale, où les traces des tableaux que je venais de décrocher m'apparurent, soudain, pareilles à des hématomes. Je baissai les yeux.

– Moi aussi je suis heureuse, annonçai-je à mon père.

– Tant mieux pour toi, ma fille, dit-il. Je ne demande pas si tu as besoin d'argent, maintenant que tu as un copain, il peut t'aider.

– Je n'ai pas *besoin* qu'il m'aide, je m'aide très bien toute seule. Qu'est-ce que tu crois ? Je suis indépendante, je…

– Ne t'énerve pas, Carina. J'ai compris. Tant mieux si tu vas bien. As-tu reçu les vidéos que je t'ai envoyées ? C'est la petite Asma qui nous a filmés.

– La *petite* Asma ?

– Oui. La *petite* Asma. Notre femme de ménage. Je l'appelle comme ça, la *petite* Asma, pour ne pas la confondre avec Asma, ma femme, parce qu'elles ont le même prénom. Elles font la même taille mais la *petite* est plus jeune. C'est Asma qui lui a trouvé ce surnom, la *petite* Asma.

– Tu l'emploies sept jours sur sept ?

– Elle reste chez elle le dimanche.

– Elle a des enfants ?

– Je ne sais pas. Elle ne parle pas français. C'est Asma, l'autre Asma, ma femme, qui s'occupe de lui dire ce qu'elle a à faire en arabe. Ça fonctionne très bien comme ça.

Six jours par semaine, neuf heures par jour, la petite Asma s'occupait de faire les courses, la cuisine, le ménage, le linge. Mon père lui donnait la permission d'emporter les restes de nourriture autant qu'elle le souhaitait, il était fier de lui offrir régulièrement des primes, de lui verser un salaire mensuel de deux mille dirhams, soit deux cents euros. C'est bien pour le Maroc, disait-il, il était un bon patron par rapport à ceux qu'il côtoyait.

Et pendant qu'il me décrivait sa vie parfaite avec ses deux Asma, je regardais les films qu'il m'avait envoyés.

Dans la première vidéo captée par la *petite*, il était en compagnie d'Asma, sa femme, en train de manger un tagine d'agneau aux cardons. Ils étaient assis l'un à côté de l'autre devant un plat en grès bleu de Fès, table dressée sur leur terrasse, protégés du soleil plombant par un parasol blanc. Elle était vêtue d'une chemise rouge cerise assortie à son vernis à ongles, bien coiffée, bien maquillée, sourcils épilés, on voyait qu'elle prenait soin de son apparence, qu'elle passait du temps chez le coiffeur, chez l'esthéticienne. Peut-être avait-elle d'ailleurs consacré sa matinée à s'apprêter, hammam, gommage de peau, huile parfumée, dans le but d'apparaître sous son meilleur jour dans ce film dont elle devait soupçonner qu'il circulerait. Toujours d'une extrême minceur, telle que mon père la voulait.

– Hors de question qu'elle devienne grasse comme sa mère, m'avait-il confié.

Mon père avait fait promettre à sa femme qu'elle ne grossirait pas, que ses fesses ne ressembleraient jamais à celles de sa mère, *cette grosse malle arabe*. C'étaient ses mots, *cette grosse malle arabe*. Asma avait promis. Et sans doute était-ce pour cette raison qu'elle mangeait du bout des lèvres ce plat qui baignait dans l'huile : elle enfonçait sa fourchette dans son assiette et, au lieu d'avaler la viande parfumée aux cardons qui paraissait délicieuse, elle l'approchait de ses lèvres fermées en cul-de-poule, comme pour l'embrasser, avant de détourner sa main et de porter la nourriture en direction de mon père qui ouvrait grand sa bouche, se délectant de recevoir la becquée. Puis elle renouvelait son geste. Elle piquait la nourriture dans son assiette, faisait semblant de manger, et elle le nourrissait, lui. Et ils riaient.

Dans la deuxième vidéo, mon père et son épouse étaient à l'intérieur, dans leur salon encombré de tables en mosaïque et de cendriers typiques ronds, en deux parties, en céramique colorée. Vêtu d'un peignoir en éponge blanc comme s'il sortait du hammam, ou du lit, mon père était installé sur son canapé de velours et brocart vert royal, un chaton roux dans ses bras, jambes allongées, posées sur les cuisses d'Asma. Elle lui coupait les ongles des pieds. Par instants il poussait des petits cris, des aïe, aïe, quand ça le chatouillait ou que ça le piquait, et il devait lui livrer des indications précises, attention, ne touche pas là, ici, là, aïe, et là, et elle s'exécutait, précautionneuse, là, et là, soucieuse de bien accomplir sa tâche, sourire aux lèvres, ses lèvres rouge cerise que, de temps en temps, elle posait sur le bout des orteils pour se disculper de leur avoir fait mal. Chut, chut, pardon, pardon, s'excusait-elle en s'adressant aux pieds de mon père. Et ils riaient.

La troisième vidéo avait été prise lors de l'aïd-el-kébir. La scène se déroulait sur la terrasse, comme la première, mais cette fois c'était mon père qui filmait sa femme en train d'apporter un seau en plastique jaune. Un homme coiffé d'un fez rouge s'en emparait et le plaçait sous le cou du mouton qu'il allait égorger, aidé de la bonne, cette *petite* Asma dont je découvrais pour la première fois le visage fin, presque enfantin, encadré d'un hijab gris foncé. Je ne vis pas le geste de l'homme, exactement, je n'aperçus pas la lame s'enfoncer dans la gorge de l'animal. Tout s'était déroulé avec calme. Le mouton n'avait émis aucun cri. Il n'avait tressailli qu'un bref instant avant de s'immobiliser, comme endormi. Asma, elle, souriait. Ou plutôt, elle resplendissait. On voyait qu'elle était fière d'honorer cette tradition sacrificielle, fière que mon père, son Midhou chéri, ait acheté ce mouton que la petite bonne cuisinerait et qu'ils partageraient, fière qu'il lui permette d'accomplir son devoir religieux en toute liberté, en toute sérénité.

Ces images m'hypnotisaient, transformant la vision que j'avais de l'égorgement des moutons. Je m'étais toujours imaginé un acte barbare, m'en insurgeant, au nom du respect du bien-être animal. Mais le geste auquel j'avais assisté avait été accompli avec douceur, dans le souci de ne pas faire souffrir, dans l'envie d'accomplir un sacrifice décent, respectueux, suivant à la lettre les indications du Prophète telles que rapportées dans ses hadiths. Le sacrificateur était expert, cela se voyait, cela se sentait, le mouton n'avait montré aucun signe de peur. Et même si cet animal avait sans doute souffert au moment où la lame avait pénétré son cou, et même si la contemplation de la mise à mort d'un être vivant me faisait mal à faire monter mes larmes de compassion, dans le même temps, ce que je venais de découvrir me rendait humble. Que savais-je de la mort ? Que savais-je de la nature sacrée des rites ? De ce geste du sacrifice qui commémorait celui d'Abraham prêt à exécuter son fils pour prouver sa croyance, éprouver sa soumission en la loi divine ? De cet Abraham, ou cet Ibrahim, commémoré à la fois par les musulmans, par les chrétiens et par les juifs, que savais-je ?

Je ne révélai pas à mon père la façon dont le film m'impressionnait. Peut-être prenais-je conscience, là, juste là, que mon père expérimentait une culture qu'il aimait et qui, à chaque fois que je m'y intéressais, m'enrichissait moi aussi. Si seulement mon père avait voulu me la transmettre, cette culture, plus profondément. Si seulement il avait voulu me l'expliquer, plus précisément. S'il avait pu me dire à quel endroit de son cœur elle le touchait, lui.

– On est heureux, Carina, me disait mon père.

Et à voir le visage illuminé d'Asma que mon père prenait un plaisir évident à filmer, à célébrer, je savais qu'il disait sa vérité. Et qu'il me faudrait bientôt compléter la définition du mot *conversion* qui, s'il vient du latin *conversio*, est aussi issu de deux mots grecs de sens différent. *Epistrophê*, qui signifie changement d'orientation et implique l'idée d'un retour à l'origine, d'un retour à soi. Et *metanoïa,* qui signifie changement de pensée, repentir, et suggère l'idée d'une mutation. Se convertir, pour mon père, n'avait peut-être pas seulement consisté en un renversement. Se convertir avait peut-être aussi représenté un retour à ses émotions les plus enfouies – une renaissance.

La quatrième vidéo que je reçus, quelques mois plus tard, dévoilait la maison qu'il venait d'acquérir. C'était encore lui qui filmait, et ses commentaires en voix off s'adressaient à moi, m'entraînant dans sa visite guidée avec fierté. Je découvris d'abord en plan d'ensemble l'extérieur d'une maison beige rosé, sur un terrain arboré à la lisière d'un golf, dans le quartier résidentiel de Menara. Quatre cents mètres carrés sur deux étages, avec des fenêtres étroites et un patio. Difficile pour moi de trouver du charme à cette architecture construite selon un plan stéréotypé, industriel, reproductible à l'envi. Mais mon père la trouvait magnifique sa maison.

Elle n'était pas située dans le quartier le plus luxueux de Marrakech. Sa construction était mal faite. Il avait dû entreprendre de nombreux travaux pour la rénover. Mais il en parlait comme de leur « petit nid d'amour », à Asma et à lui.

À l'intérieur du « petit nid d'amour », le vaste salon revêtu de crépi blanc était à moitié vide. Il n'avait pas encore acheté suffisamment de meubles. C'était la première fois qu'il emménageait dans une demeure aussi grande : *voilà mon palace.* Il montait les étages en s'essoufflant et me montrait les salles de bains carrelées, les chambres, au nombre de cinq, la leur, celle du chaton, celle du train, celle des invités, jusqu'à me dévoiler la mienne : *voilà ta chambre.*

« Tu vois, Carina, disait-il. La fenêtre donne sur le patio. C'est agréable, la chaleur n'entre pas. La piscine sera creusée la semaine prochaine. Ça a pris du retard. J'ai dû menacer les ouvriers. Ils doivent refaire toute la façade, aussi. Il y a des infiltrations partout, des fissures énormes. Les ouvriers ont été complètement nuls. On m'avait prévenu, mais je ne pensais pas qu'ils atteindraient ce stade de nullité. Asma en a marre. Elle voulait qu'on fasse venir un architecte pour tout reprendre en main. Elle ne se rend pas compte, je n'ai pas les moyens, il y a eu des tas de dépassements, mes économies ont fondu. Tu crois que ton copain Oren serait d'accord pour jeter un œil gratuitement ? Enfin, la piscine ça y est, ils la creusent la semaine prochaine. Ils ont intérêt à tenir les délais sinon je ne paierai pas. Les menaces, ils comprennent que ça. Tu n'auras pas trop chaud ici. Climatisation dans toutes les pièces. Chauffage la nuit. On ne souffre pas de l'amplitude thermique. Asma ne comprend pas pourquoi tu ne viens pas nous voir. Ça fait trois ans maintenant qu'on est mariés. »

Dans la dernière vidéo qui me parvint, enregistrée par son épouse, mon père jouait avec son train électrique, échelle HO, disposé sur une table au milieu de la pièce qui lui était donc dédiée. En fond sonore, le muezzin appelait les croyants à la prière du soir, *Allahouuu Akbar, Allahouuu Akbar*, récitant l'adhan de sa voix cristalline, tandis que mon père posait consciencieusement la maquette d'un train TGV sur les rails, wagon après wagon, sans prononcer un mot. Puis il ouvrait l'électricité et le train s'ébranlait, roulait et prenait de la vitesse dans un crissement doux au milieu d'un paysage dégarni où moins d'une dizaine de hêtres en plastique côtoyaient deux bâtiments inachevés, une gare, une maison, quelques figurines. On était encore loin de la maquette grandiose qu'il envisageait d'installer. Cette ébauche ne lui donnait pas entière satisfaction, ça se voyait. À la fin du second tour de circuit, l'appel du muezzin continuant, *Ach-hadou anna lâ ilaha illa lâh, Ach-hadou anna lâ ilaha illa lâh*, toutes les assonances s'enchaînant, s'élevant, envoûtantes, Asma demandait à mon père s'il voulait boire quelque chose. Il regardait sa montre puis levait les yeux vers elle, vers la caméra, et il acquiesçait poliment en commandant un whisky. Le train entamait son troisième tour, *crrr, crrr, crrr,* quand la caméra coupa.

## 9

## L'ISOLEMENT

Je me cloîtrai à Montreuil. Chez Oren. Mon ordinateur installé sur la table de la cuisine recouverte du sol au plafond d'une peinture vert céladon douce. La seule pièce de l'appartement donnant sur un mur en briques aveugle. À l'abri des regards et du bruit. Silence. Condition absolue pour atteindre cet état de solitude indispensable, me persuadais-je, à l'écriture.

Dans le sixième chapitre de mon roman, après avoir accumulé les virées nocturnes de plus en plus alcoolisées, le personnage du père invitait une femme à passer la nuit dans sa maison. Il s'agissait de sa maîtresse préférée, pensait-il, rencontrée avant la mort de son épouse, une jeune couturière aux cheveux teints en roux amoureuse de lui comme une esclave. J'imaginais les cadenas cliqueter au bout des menottes mentales de cette femme persuadée qu'elle était l'unique femme de sa vie, gavée de ses mensonges. Elle avait accepté l'invitation pour être avec lui, pour se soumettre à son adoration de lui, mais elle avait peur de rencontrer l'enfant. Elle-même n'avait jamais envisagé de devenir mère. Rencontrer la fille de l'homme qu'elle aimait l'impressionnait. Quelle attitude adopter ? Quel rôle attendait-on qu'elle endosse ? D'instinct, elle savait que l'enfant la rejetterait. Elle savait que la seule créature féminine que l'enfant aurait voulu voir entrer chez elle, c'était sa mère, sa vraie mère, sa seule véritable mère morte.

J'écrivis. « La jeune étrangère à la frange écureuil arriva aux abords de la grille de la maison plongée dans une nuit de puits profond. Elle ignorait que l'enfant l'observait depuis sa fenêtre et venait de découvrir la forme de la voiture blanche aux allures de spectre qui l'avait déposée là. L'enfant ferma ses rideaux. L'enfant se recoucha. Ses jeunes yeux se posèrent sur la photographie de sa mère posée sur sa table de chevet. L'enfant, comme chaque soir, doucement, l'embrassa. Puis, comme chaque soir, l'enfant se mit à prier. Prier pour que sa mère ne soit jamais morte. Prier pour son retour. »

Alors il se passa cette… *chose*… J'écrivis que cette femme nouvelle allait entrer dans la vie de l'enfant, pareille à une effraction. J'écrivis que cette étrangère constituait un obstacle au plus profond désir de l'enfant, celui de voir sa mère revenir d'entre les morts. Et je m'effondrai.

Je m'effondrai en larmes.

Enfant, mon père me reprochait souvent de l'empêcher de se remettre en couple avec une femme. J'étais une *pénible fillette jalouse amoureuse de son papa*, disait-il. Selon lui je le voulais pour moi seule. Cependant, il essayait. Les femmes défilaient. Parfois indifférentes avec moi. Parfois mielleuses avec moi. Aimantes, de temps en temps. Je ne les aimais pas. Aucune d'entre elles.

– C'est à cause de toi qu'elles me quittent, disait mon père. C'est à cause de toi que je suis célibataire.

Je le croyais.

J'en étais presque fière. Être l'élue.

Comment aurais-je pu faire une place à une autre femme alors que la place de ma mère était encore occupée, en moi, en permanence ?

*Comment pouvais-je faire une place à Asma ?*

Dans mon roman, l'enfant espérait le retour de sa mère, elle priait des nuits entières, elle refusait d'accueillir cette nouvelle femme à la chevelure écureuil.

J'écrivis. « L'enfant la regardait comme une créature. Elle ne la reconnaissait pas, elle ne la connaissait pas. C'était comme si cette femme n'était pas même humaine. Qui pouvait l'avoir inventée ? »

L'homme, lui, vivait dans la certitude d'être à la fois un bon papa et un bon amant. Il ignorait que cette femme-qui-n'aimait-pas-les-enfants finirait bientôt, elle aussi, par souffrir. Déjà elle s'émouvait en observant la petite endeuillée. Peut-être s'acharnerait-elle à le changer, cet homme. Et elle devrait y mettre tout son cœur, sinon il continuerait. Il continuait.

Il continuait à prendre sa moto, la nuit, persistait à brûler ses insomnies en roulant, vite, en serpentant, *crrr, crrr, crrr,* dans la forêt de hêtres enténébrés aux abords de sa maison, et bientôt il me paraîtrait inévitable qu'il irait à la rencontre d'autres femmes, même s'il en avait une nouvelle à disposition, officiellement, chez lui, une femme à la frange d'écureuil qui l'aimait. Cet homme avait besoin de toujours plus de femmes, *mon père* avait besoin de toujours plus de femmes.

*Je* m'en souvenais.

Aussi j'écrivais et je pleurais.

J'écrivais cette fiction qui me mettait sur la voie de moi-même, avec cette question qui m'obsédait :

Mon père, m'aimait-il ? Lui qui martelait qu'il m'avait protégée, moi la petite dernière, la chérie, qu'il s'était sacrifié *à cause de moi*. M'aimait-il ?

Et moi, aimais-je mon père ?

*Grands espaces blancs sur la page.*

La suite de l'histoire, je ne la possédais pas. Comment la fillette allait-elle survivre ? Sans revoir sa mère. Sans l'assurance de l'amour de son père. Dans cet entremêlement douloureux des sentiments, cette enfant finirait-elle mal ? Ou bien serait-elle sauvée ? J'ignorais comment poursuivre cette histoire. L'imagination ne s'actionnait pas, la cohérence ne se révélait pas, le sens, le sens profond fuyait. Et je pris conscience que mon roman n'était pas exactement *non finito*. Mon roman, en réalité, était délabrement. Avec ses chapitres qui s'érodaient au moment même où je les écrivais. Moitiés de phrases ruinées, ponctuation dégradée. Comme ravagés par l'orage, avec de *grands espaces blancs sur la page*, vides de mots, vides d'images, mes écrits expiraient sous mes doigts en une accumulation d'ébrèchements. Écrire était devenu un acte détérioré, et cette dégradation paraissait immanente. Mais c'était à cette forme que j'avais abouti, et cette forme représentait ce que je pouvais créer de plus juste à cet instant. Tandis que la dépression m'étreignait, que je n'avais aucune certitude.

Alors j'invoquais des listes d'auteurs et d'autrices adorés.

*Sophocle. Shakespeare. Kleist. Dostoïevski. Nin. Blixen. Duras. Andréa. Kristof. Selby. Morrison. Kane.*

Des listes longues comme des racines.

Il m'aurait fallu avoir la force de décréter que cette forme qui avait surgi se suffisait à elle-même dans son essence déchirée. Je ne parvenais pas à m'en contenter. Je ne comprenais pas assez où je me situais. Me manquait la clarté. La nitescence. J'en étais au point obscur. Au point mort.

Mes économies se tarirent.

Je me résolus à reprendre un emploi rémunéré, n'importe lequel. Par téléphone, depuis Marseille où son chantier allait bientôt démarrer, Oren tenta de m'en dissuader. Il savait que j'étais incapable de m'investir à moitié dans une activité, il craignait qu'un job me vampirise. Il voulait d'abord que je termine mon livre. *Ce livre, tu dois l'écrire.* Il avait à cœur de m'offrir ce temps de la création, persistant à croire que son soutien avait un sens, qu'il avait raison d'être mon mécène. Il savait ce qu'il faisait, me disait-il. Ses parents l'avaient toujours soutenu financièrement et sans eux il n'aurait jamais pu prendre le temps de passer des concours d'architecture jusqu'à ce qu'il gagne et puisse construire son premier bâtiment. À la mort de son père, l'héritage qu'il avait reçu lui avait permis d'acheter son appartement de Montreuil, et sa mère continuait d'alimenter régulièrement son compte en banque. Il se désolait que je n'aie pas vécu dans un foyer aussi protecteur que le sien. Mais les freins féministes qui me restaient me faisaient lutter, je tenais à continuer d'essayer de conserver mon indépendance, c'était une question vitale, il n'était pas question, pour moi, de dépendre complètement d'Oren. Asma dépendait complètement de mon père, je refusais de copier son destin.

Mon père m'avait laissé cinq messages cinq jours de suite lorsque je me décidai à lui répondre un soir de février au ciel encombré de nuages globulaires gris menace.

– Enfin tu réponds, s'agaça mon père sans me saluer. Tu sais que je viens à Paris dans quinze jours ?

Je ne le savais pas. Je n'avais pas pris le temps d'écouter mon répondeur.

Il formula sans surprise son mépris pour mon projet de reprendre un travail peu rémunérateur, à mi-temps, qui me permettrait de libérer assez de temps pour mon roman. Avec toutes les études qu'il m'avait payées, il trouvait anormal que je n'aie pas encore de situation stable et lucrative.

– Tu n'as rien publié depuis très longtemps, me dit-il. Il est sans doute temps de changer d'objectif. Si tu avais dû avoir du succès dans l'écriture, ça se saurait. Au bout d'un moment, il faut regarder la réalité en face. Surtout si tu décides de faire un enfant.

– Ce n'est pas mon intention.

– Tu dis ça. Moi aussi j'ai dû renoncer à plein de choses dans la vie.

– Tu es en train de m'annoncer qu'Asma est enceinte ?

– Non, ça c'est hors de question.

– Alors c'est ce que tu me conseilles ? Renoncer à l'écriture ?

– Regarde tes frères, ils n'ont même pas leur bac et ils gagnent dix fois plus que toi.

– On est complètement différents avec mes frères. Ils travaillent dans la finance.

– Ils n'ont pas raté leur vie professionnelle en tout cas.

– Parce que tu penses que j'ai raté la mienne ?

– Ma fille… Je ne veux pas te parler quand tu commences à t'énerver. Je t'appelle juste pour que tu notes sur ton agenda. J'arrive à Paris le 17. J'ai un rendez-vous chez le médecin.

– Normalement c'est à Nice que tu fais ton suivi.

– Ils m'ont prescrit des examens complémentaires, liés à mon diabète.

– Tu vas rester combien de temps ?

– Huit jours. Catherine me loge chez elle. Elle a fait une cure de désintoxication, elle dit qu'elle ne boit plus, qu'elle va mieux.

– Et Asma ?

– Elle viendra la prochaine fois, je n'ai pas pu lui payer son billet, avec tous les travaux que nous a coûté la maison, je fais attention aux finances. La piscine est finie, mais maintenant il faut refaire l'étanchéité dans les sous-sols. Je t'avais demandé d'en parler à ton copain, mais tu as oublié, je voudrais vraiment qu'il jette un œil, même à distance, ils sont tellement nuls ici.

– Oren est à Marseille. Il est débordé.

– On en parlera quand on se verra. Tu as noté mes dates ? Je compte sur toi pour être à Paris à ce moment-là. J'ai hâte de te voir, ma fille.

Je ne parvins pas à dormir. Il était temps, disait mon père. Il fallait faire le choix, disait mon père. Travailler, risquer de ne plus avoir de disponibilité pour écrire, renoncer, ou commencer à dépendre financièrement entièrement d'Oren. Oren m'assurait qu'il aimait me savoir en train d'écrire à la maison, il gagnait sa vie correctement et cela ne l'embêtait pas de diviser ses dépenses, il n'avait pas des goûts de luxe. Moi non plus je n'avais pas des goûts de luxe. Je n'aimais ni les vêtements de grandes marques ni les bijoux ni les voitures. Oren croyait en moi, même quand je lui avouais que je n'y parvenais pas, que mon écriture n'aboutissait à rien, que j'étais perdue, enterrée sous des ossements de mots. Oren me répétait qu'il m'aimait et me soutenait, même de loin, alors qu'il était occupé à bâtir son œuvre, mes mots l'inspiraient, je l'inspirais, tu es mon amour, disait-il. Il rentrerait bientôt. En attendant j'étais seule, chez lui, coupée de toute vie sociale. Chaque matin, je commençais la journée en allumant mon ordinateur avec l'objectif d'écrire dix heures d'affilée par fidélité à la promesse que j'avais faite à Oren de faire progresser mon livre. Mais, au bout d'une heure, aucune ligne ne m'ayant satisfaite, je me détournais du fichier douloureux de mon roman et commençais à surfer sur Internet, pendant des heures, jusque tard dans la nuit, aspirée par le vortex des hyperliens, par leurs ramifications interminables, cliquant sur les articles, cliquant sur les vidéos, cliquant sur les publicités, sur un maillot de bain, sur des baskets, une plage, m'égarant dans des endroits plein de rouge à lèvres, de talons aiguilles, sur des sites pornographiques, sur des sites de rencontres extraconjugales, conversant avec des inconnus, jusque très tard dans la nuit, me masturbant devant des photos, des films, m'excitant de lire des messages d'hommes, de femmes, d'imaginer des ébats avec eux, avec elles, des jouissances, me perdant, cliquant, cliquant, encore, encore, anéantissant ma volonté, déstructurant mon être, je n'écrivais plus. Et je ne croyais en rien. *Hélas*. Ni en Dieu, ni en moi. Aucune prière ne remontait jusqu'à mes lèvres, jusqu'à mon cœur. L'assèchement m'assaillait. Le silence. Le vide.

*Ratée.*

Ce mot.

Quand je tentais de me remettre à écrire.

Ce mot seul à moi venait.

R

A

T

É

E

## 10

## L'ANNONCE

Depuis combien de temps ne nous étions-nous pas rencontrés en tête à tête ? Je redoutais nos retrouvailles autant que si l'on m'avait conviée à une soirée satanique, tandis que mon père m'écrivait, chaque jour, son impatience et sa joie de nous revoir mes frères et moi, heureux d'annoncer qu'il avait encombré sa valise de cadeaux d'épices et d'étoffes marchandés dans les souks, comblé dans sa hâte de pouvoir gâter chacun de ses trois descendants. Je culpabilisais de ne pas partager son enthousiasme. Puis ses messages se réduisirent à un décompte enfantin, « Plus que cinq dodos », « Plus que trois dodos ». J'aurais voulu qu'Oren rentre de Marseille. Je ne me voyais pas affronter seule cette bête qui me forçait, chaque jour, à étancher sa soif de contact. Une semaine avant son arrivée, je m'empressai d'accepter de nouvelles commandes d'analyses de scénarios rémunératrices qui m'occuperaient l'esprit à plein temps.

Enfin ce jour advint : « Plus aucun dodo ! » Mais la joie de mon père tourna mal. La veille, son amie Catherine, celle au visage détruit par l'alcool, avait eu un accident de voiture. Quelques heures à peine avant qu'il ne monte dans son avion mon père fut averti qu'il ne pourrait pas loger chez elle. En panique, depuis l'aéroport, il nous appela à l'aide. Or ni mes frères ni moi ne lui proposâmes de l'héberger au pied levé, faute de place, faute d'envie. Il fut contraint de prendre un hôtel. Sa fureur explosa.

Avoir à payer pour dormir ? Mon père ne le supportait pas. Nous aurions dû coucher dans le salon, ou dans la cuisine, dans les toilettes, par terre, même, sur n'importe quelle paillasse, pour lui fournir le lit auquel il avait droit, lui, en tant que patriarche. Personne n'ayant consenti au sacrifice, il s'empressa d'écourter son voyage.

Ainsi la terrasse d'un troquet de la gare Saint-Lazare, à proximité de son hôtel, fut choisie à la va-vite pour que l'on se confronte, père et fille, juste avant qu'il n'embarque dans son avion du retour, à peine vingt heures après son atterrissage.

*Depuis combien de temps n'avais-je pas été en sa présence ?*

Nous étions en fin d'hiver, sous un ciel métal. Arrivée en avance, je m'installai dans un coin de la terrasse chauffée en espérant qu'il ait décidé d'annuler sa venue. Mais je vis mon père apparaître à l'heure exacte, en même temps que mon dégoût. Son bomber de cuir, sa chemise bleu ciel, son jean. Sa peau bronzée. Son visage portait encore les stries de son emportement, et j'eus la tentation de me détourner quand il vint coller sur ma joue sa barbe grisonnante taillée court et qu'il m'embrassa, m'encerclant de son haleine fétide tandis que je retenais ma respiration, maintenais mes lèvres closes et que mon teint à moi devenait morbide. En face de nous, sur le boulevard, les voitures roulaient au pas, laissant passer un cortège d'ambulances. Sirènes à fond.

*Depuis combien de temps ne nous étions-nous pas touchés ?*

Puis les sirènes s'éloignèrent et je m'écartai quand il prit place à ma gauche, côté diable. Ce fut là, assise en déséquilibre au bord de ma chaise en fer froid, prête à fuir, que je fus sommée d'écouter ses insultes, cherchant à me concentrer sur les nuances tempétueuses des nuages au-dessus de nos têtes plutôt que sur sa bouche déformée par la peine, plutôt que sur ses mains, tremblantes, tachetées de fleurs de cimetière. Il jurait que nous étions des ingrats mes frères et moi. *Ingrats* c'était le mot. Après tout ce qu'il avait fait pour nous, après tout, *tout* ce qu'il avait supporté pendant notre enfance, il ne pouvait pas cracher autre chose que ce dépôt sur sa langue envenimée : de sales satanés *ingrats*. Sirènes maintenant inaudibles. Voitures reprenant de la vitesse. Je l'écoutai comme on se laisse frapper sans réagir de peur que le moindre de nos mouvements ne déclenche le coup mortel.

Enfin il me remit le sac contenant le caftan pailleté pourpre qu'il avait décidé de m'offrir avant de découvrir à quel point je ne le méritais pas, progéniture mal dressée, extraction impie, et il régla nos consommations en liquide, arguant que sa monnaie en euros ne lui servirait plus à rien au Maroc où il se dépêchait de retourner, soulagé de pouvoir rejoindre sa nouvelle famille, sa *vraie* famille, celle de son épouse qui, elle, savait prendre soin de lui, loin, *très* loin de nous. Je ne proposai pas de l'inviter. Je ne tentai pas de le retenir. Quand il se leva, les verres épais de ses lunettes d'écaille rétrécirent ses deux yeux myopes et noirs. Et ses lèvres se firent fines comme celles des reptiles.

– Vous comprendrez qui je suis à ma mort, Carina, siffla mon père ce jour-là. À ma mort, vous serez étonnés, toi et tes frères. Vous apprendrez des choses sur moi. Vous verrez.

Je n'avais pas envie de voir.

Je le regardai payer, se lever et partir d'une démarche courbe.

Je ne le retins pas.

*Depuis combien de temps ne nous étions-nous pas fâchés en face-à-face ?*

Le caftan pailleté pourpre atterrit dans la première poubelle que je croisai dans la rue. Il eût fallu l'offrir, mais j'aurais eu peur de jeter un sort.

*Depuis combien de temps n'avais-je pas eu la tentation de mourir ?*

De retour à Montreuil, je rouvris le fichier de mon roman *non finito délabré* avec l'envie de l'imprimer pour en raturer chacun des mots, à la main, au stylo noir. Si je commençais à m'y mettre, cela me prendrait une heure entière. Ratures noires. Ratures noires. Ratures noires. À la fin du saccage, l'ensemble du manuscrit serait devenu palimpseste maudit, décalque aliéné d'un tableau de Jackson Pollock. Lorsqu'enfin Oren rentrerait, il me trouverait assise au milieu de papiers fuligineux épars rougis de mon sang. Je me serais coupée en déchirant tout. L'air égaré, l'air fou. La seule action qu'Oren pourrait accomplir serait de me prendre dans ses bras et me garder contre lui toute la nuit, avec douceur, avec douceur, de peur que je n'obéisse à ma nouvelle obsession : me jeter par la fenêtre.

J'étais dans la cuisine. Cet espace vert céladon avec sa fenêtre donnant sur un mur en briques aveugle. Je repensais à l'immeuble qu'Oren était en train de construire. Ce cube noir avec ses meurtrières. Ces ouvertures étaient trop minces, je n'aurais jamais pu m'y jeter. Quelle est la nature d'un bâtiment où la possibilité de ce libre arbitre est ôtée à ses habitants ? Ce n'était pas une habitation qu'Oren avait imaginée. C'était une prison. « Non, pas une prison. Un abri », m'aurait répondu Oren. Un abri.

Je refermai le fichier de mon roman, j'éteignis l'ordinateur. En me levant de table, j'aperçus l'enveloppe avec l'argent qu'Oren m'avait laissé pour parer à toutes nécessités pendant son absence au cas où mon job alimentaire tournerait court, mes économies étant épuisées, et j'eus honte.

Je me servis un verre de vin. Puis un autre, un autre. Arrêter de penser à mon père, bloquer les souvenirs. Me concentrer sur ce qui était bien, ce qui était beau – sur Oren, sur mon amour pour Oren. Je n'étais pas seule, puisqu'il y avait Oren, puisqu'il y aurait toujours Oren. *Oren*… Je sombrai dans l'inconscience.

## 11

## L'EXHÉRÉDATION

Mon père ne me téléphona pas pour m'annoncer qu'il nous avait déshérités.

Mon frère aîné fut le premier à l'apprendre, ce qui le laissa froid. Cela faisait longtemps qu'il ne supportait plus que Jean-Pierre-Medhi Hernandez s'érige en géniteur idéal, en fournisseur d'éducation exemplaire. Leurs disputes s'étaient exacerbées jusqu'à atteindre un point de non-retour.

Mon plus jeune frère, lui, survivait dans une espèce de mutisme, réagissant le moins possible, calfeutré sous le bouclier de son apparente indifférence. Mais l'aîné s'était construit sur le terrain une telle détestation paternelle qu'à ses yeux le monde paraissait bruyamment divisé en deux : d'un côté ceux qui condamnaient notre père, d'un autre côté ceux qui le défendaient – ces derniers étant bannis de son entourage. Mon frère aîné avait donc fini par lancer à notre père ces mots définitifs : « Je vais t'expliquer *pourquoi* tes enfants n'ont pas envie de te voir. *Pourquoi* ils ne t'ont pas invité chez eux. Tu nous as maltraités. Tu as maltraité tes enfants, tes trois enfants. Tes dénégations sont immondes. Tu n'as jamais été un père pour nous. » Ce à quoi mon père avait répondu : « Ça ne m'intéresse pas de vous laisser un héritage. »

Donc il nous avait consciemment, de son vivant, déshérités. De toute façon ce n'était pas soixante mille euros chacun qui allait changer nos vies, disait-il. Soixante mille euros : il fallait être précis sur les chiffres. Jean-Pierre-Medhi Hernandez n'était pas le Roi du pétrole, disait-il. Son patrimoine ne se comptait ni en milliards ni en millions. Il avait calculé. Il avait estimé. Qu'il nous lègue soixante mille euros ou qu'il ne nous lègue rien, il considérait que cela n'aurait pas de conséquences sur nos existences. Soixante mille euros : zéro impact. Lui-même n'avait reçu aucun héritage de la part de ses parents. Ça ne l'avait pas empêché de devenir propriétaire, d'être arrivé là où il était, d'atteindre cet état de bonheur dont il se vantait. Mes frères occupaient des jobs rémunérateurs dans la finance, ils avaient bâti leur carrière en autodidactes avec leur seule volonté de réussir : tout cela, c'était en partie grâce à lui, oui, grâce à lui, s'obstinait notre père, parce qu'il les avait bien éduqués ses enfants. Un gamin sans éducation ne serait jamais arrivé là où brillaient mes frères riches.

Et ce n'était pas de sa faute si moi j'avais voulu faire huit ans d'études de lettres et de cinéma non rentables sous prétexte que je voulais écrire alors que, manifestement, je n'avais aucune aptitude. De toute façon maintenant si j'avais des soucis j'avais Oren pour y remédier, Oren avait les moyens de m'entretenir, mon père trouvait ça normal, sain, dans l'ordre des choses, de ne plus se mêler de nos vies, son devoir ayant été pleinement accompli.

Mon père nous avait donc déshérités.

Cette information, il me fallait l'entendre de vive voix, et je pris cette fois l'initiative de lui téléphoner, déjà prête à devoir augmenter la dose d'anxiolytiques que je prenais désormais matin et soir.

Mon père ne nia pas.

« De toute façon, ça change quoi ? il me demanda. Je ne suis pas riche. Qu'est-ce j'ai ? Je n'ai pas d'économies. Je n'ai pas d'assurance-vie. Je possède une maison, c'est tout. La bicoque est vaste mais elle ne vaut pas grand-chose, elle a été mal faite, je t'en ai parlé, son ciment se fissure sous l'effet du soleil, de la sécheresse, les tuyaux sont rouillés, la fosse septique fuit, les ouvriers ont travaillé comme des cochons, on m'avait prévenu, on a beau crier, ils ne savent pas bosser, ils sont nuls, les odeurs remontent, on vit les fenêtres ouvertes, heureusement il fait chaud, maintenant ça vaut moins que le prix que ça a coûté. Je t'avais demandé d'en parler à ton copain architecte, mais apparemment ça ne t'intéresse pas, ça ne doit pas être assez intellectuel pour vous cette maison. Elle n'a pas été dessinée par Tada-o-je-sais-pas-qui cette maison. C'est ma maison. La valeur de ses murs divisée en quatre, entre mes trois enfants et ma femme, cela ne représente pas grand-chose. Donner à chacun de mes enfants soixante mille euros, un an du salaire d'un bon cadre, en somme, est-ce que cela changerait vos vies ? Je vous ai déjà beaucoup donné. Toi, je t'ai entretenue pendant toutes tes études. Cela ne m'intéresse pas de vous léguer cet argent, non. Je laisse tout à Asma. C'est fait. J'ai décidé de lui donner la maison de mon vivant parce qu'au Maroc la loi désavantage beaucoup les femmes, les épouses n'héritent que d'un huitième des biens du mari, quelque chose comme ça. Il paraît que du temps du Prophète c'était une grande avancée pour les femmes cet héritage qui nous paraît minuscule. Avant, elles n'avaient pour ainsi dire droit à rien. Mais bon, moi, un huitième de ce que je possède, je pense que ce serait vraiment trop peu pour Asma. D'autant que si je meurs, comme elle est jeune, elle risque de ne pas pouvoir toucher de pension de réversion avant plusieurs années, parce qu'il faut avoir cinquante-cinq ans minimum. Alors elle pourra toujours revendre la maison, ça lui fera plus ou moins trois cent cinquante mille euros, elle pourra les placer. Mais je crois qu'elle ne la revendra pas et d'ailleurs je lui ai fait promettre de vous recevoir quand vous voulez. Elle l'adore cette maison. Elle dit toujours que c'est notre *petit nid d'amour*. Ma femme est à mes côtés tous les jours, elle me gâte, elle est gentille, elle m'aime, elle a arrêté de travailler pour s'occuper de moi, c'est moi qui lui ai demandé d'arrêter de travailler, donc elle mérite de recevoir un bon legs, c'est normal. »

Je l'avais écouté faire l'éloge de sa femme sans l'interrompre, et sur le moment je n'avais rien trouvé à opposer à ses arguments. Que sa femme ait une part d'héritage, je trouvais ça correct. Qu'il ait envie de la protéger et de rectifier une loi inégalitaire au nom de leur amour et de la peine qu'elle se donnait pour être à ses côtés, je trouvais ça correct. Pourtant. Chacun de ses mots m'avait étranglée. Il y avait quelque chose, à l'intérieur de ce discours. Une corde. Enroulée. Autour de mon cou.

– Donc ta femme aura toute la maison, répétai-je. Elle est d'accord avec ça, j'imagine.

– Ne commence pas, Carina. Asma n'a rien demandé. C'est moi qui décide ici.

– Donc nous, tes enfants, nous n'aurons rien ?

– Vous avez déjà eu beaucoup de ma part.

– On a eu beaucoup ?

– J'ai été un très bon père. Ce n'était pas facile pour un homme seul de s'occuper de trois gosses. Je le répète. Toi tu n'avais que six ans à l'époque.

*« Six ans »* : ces deux monosyllabes. Six. Ans. Et ce fut comme si mon petit corps de six ans, d'un coup, ressurgissait en moi. Qu'il croissait. Se distendait. Jusqu'à occuper toute la place. Jusqu'à déborder. Dès lors ce fut lui, mon petit corps de six ans, qui se mit, à travers moi, par-delà moi, *à ma place*, à poursuivre la conversation.

Ce corps d'enfant disait :

– Mais tu ne te souviens pas que tu nous frappais ?

– N'exagère pas, Carina, répondait mon père.

Ce corps d'enfant disait :

– Mais tu ne sais pas que mes frères sont détruits, intérieurement, à cause de toi ?

– Tu dis n'importe quoi, regarde où ils en sont. Ils sont riches, répondait mon père.

Ce corps d'enfant disait :

– Mais tu sais quand même ce que tu m'as fait, à moi ?

– Qu'est-ce que je t'ai fait ? De quoi tu parles ? Je ne t'ai rien fait. Tu as toujours été ma fille préférée, répondait mon père. Toute ma vie, je t'ai voué un grand amour paternel.

Alors je l'implorai :

– Jure que tu n'as jamais touché d'autres enfants.

– D'autres enfants ? Mais de quoi tu parles ?

– Jure-le-moi. Jure que tu n'as pas *touché*, sexuellement, d'autres enfants.

– Mais bien sûr que non. D'où ça sort ?

– Tu sais très bien d'où ça sort.

– Non je ne sais pas. Je ne sais même pas comment on peut être excité par un enfant si tu veux tout savoir. Les tout-petits, ça ne me fait rien du tout. Crois-moi, dans ma sexualité je n'ai aucun tabou. Les adolescentes, je comprends qu'on en ait envie. Les pré-ados, les nymphettes, je comprends très *très* bien, c'est très excitant. Mais les petits, non. Je n'ai jamais rien fait à aucun enfant.

– Tu ne m'as rien fait à moi ?

– Rien du tout.

– Tu mens.

– Tu es folle, ma fille.

– Tu me traites de folle ?

– Arrête.

– Tu veux que j'arrête ? Moi je veux que tu m'expliques pourquoi tu m'as dit qu'on découvrirait qui tu es après ta mort. Quand on s'est vus dans le troquet gare Saint-Lazare. Qu'est-ce que je ne dois pas savoir *maintenant* que je devrais connaître *plus tard* ? Je suis censée découvrir quoi, à ta mort ?

Que tu es pervers ? Que tu es un connard ? Je le sais déjà.

– Tu es complètement cinglée.

– Mais tais-toi ! Tais-toi !

Je raccrochai.

Un cri.

*Grands espaces vides de mots.*

# 12

…

Alors le cercle de mes nuits insomniaques se mit à tourner sur lui-même. Ni rêves ni cauchemars. C'étaient des souvenirs. Des brumes qui cavalaient, se dévoilaient, se dénudaient. Des bêtes. D'innombrables bêtes. Qui remontaient, me déchiquetaient, qui ensanglantaient ma conscience.

Me voilà à nouveau dans l'appartement familial du seizième étage de la tour qui en compte dix-huit au cœur d'une banlieue mal réputée.

Si je songe à ma mère, son absence m'évide. Cela fait plusieurs mois qu'elle est partie, vêtue d'une veste de renard gris dont le col mordait son visage.

Mon père nous surveille désormais seul mes frères et moi.

Et je me tiens là, petite, debout près de lui, à la hauteur de ses hanches.

Encore, j'ai six ans.

Il est l'heure du coucher et je le réclame. Je veux que mon père me lise un conte, celui que j'ai choisi parmi les rares livres pour enfants que je possède. J'ignore à quel point il est célèbre, ce conte. Tout ce que je sais, c'est que j'aime réentendre sa narration magique qui parle de peurs et qui promet une résolution heureuse. J'aime que mon père m'accorde ce temps, chaque soir, qu'il me le lise, ce conte, toujours très bien, toujours jusqu'au bout, articulant parfaitement les mots qui décrivent une grande catastrophe et une très longue attente. Enfin il prononce joyeusement le mot fin pour en accentuer la nature enchantée, puis, toujours trop rapidement à mon goût, il se hâte de refermer l'ouvrage en le claquant, déjà sur le point de se lever, expéditif quand il dépose un baiser sur chacune de mes joues et quitte ma chambre en laissant la porte ouverte et la lumière allumée ainsi que je le lui demande. Alors j'entends son pas dans le couloir, j'entends une porte s'ouvrir, se refermer, j'entends des rallonges électriques claquer contre un mur, et il est temps pour moi d'embrasser la photo de ma mère posée sur ma table de nuit, et de tenter de m'endormir, mes dizaines peluches déposées en scaphandre autour de moi, caressant une dernière fois mon chat avant de mettre la tête sous ma couette, persuadée que tous ces rituels quotidiens mis en place depuis l'abandon maternel me protègent, le conte, le mot *fin* enjoué, la lumière allumée, le baiser sur la photographie, les peluches, la caresse à mon chat et ma tête sous ma couette, certaine que tous ces gestes répétés dans un ordre précis maintiennent ma vie sauve.

Le week-end, ou en vacances, ou dès que mes frères sont absents, expédiés chez des cousins, des amis, des voisins, le coucher se déroule autrement. Comme chaque soir, je quémande mon conte. Mais je ne peux l'obtenir qu'à une condition.

Il faut que je rejoigne mon père devant le canapé en velours kaki du salon. Celui qui, au niveau des accoudoirs, quotidiennement griffé par mon chat, est devenu lambeaux.

Il faut que je m'assoie à ses côtés.

Moi, déjà en chemise de nuit.

Lui, avec son jean du soir et sa chemise du jour, blanche, ou crème.

– Gratte-moi le dos, il me demande.

Je n'en ai pas envie. Je veux aller me coucher. Qu'il me porte, me dépose dans mon lit, me lise mon histoire et me confie à mes peluches.

Mais il y a ce que je veux et il y a ce que je sais.

Je sais que je n'obtiendrai rien tant que je n'aurai pas obéi.

Il se tourne.

Je me mets à genoux sur le coussin du canapé, derrière lui.

– Gratte-moi bien, il m'ordonne.

Je m'exécute.

Selon sa volonté stricte.

Je débute par le haut au niveau des épaules.

– Plus fort, il m'ordonne.

Je m'exécute.

Il faut que mes ongles s'enfoncent dans le coton de son vêtement.

Il ne se déclarera satisfait que lorsque je sentirai chacune des anfractuosités de sa peau, lorsque mes doigts buteront sur le relief de ses nombreux nævus, lorsque je l'entendrai soupirer, se délecter, et que son haleine, enfin, contaminera la mienne.

Il veut que je continue, plus fort.

Il veut soupirer, plus fort.

Je me concentre.

– Plus bas, il m'ordonne.

Il faut que mes doigts descendent vers ses reins, que j'écarte sa chemise, et que je palpe sa peau, la moiteur chaude de la naissance de ses fesses qui se soulèvent vers moi pour accompagner mon geste. Là, exactement, mes doigts doivent s'attarder. Doivent s'enfoncer. Plus fort.

Alors seulement ses soupirs augmentent.

Rafales de râles.

Presque des cris.

Mes mains agissent.

Et dans cette résonance rauque des gémissements,
le contentement de mon père
que j'entends,
que je provoque,
cette jouissance,
cette horreur,
me ravage.

Ce dont j'ai envie c'est de mon conte, ce dont j'ai envie c'est de mes peluches, de mon lit, pendant que mes mains se détachent de mon esprit, maintenant, et que, esseulées, dans leur nuit, encore, elles obtempèrent et cousent ma scission.

Dans leur nuit, mes mains, mes mains dérobées, parachèvent ma destruction.

Enfin il déclare que ça lui va.

Il se retourne, me prend dans ses bras gentiment comme à son habitude, pareille à une jeune mariée, me porte jusque dans ma chambre, me dépose dans mon lit, m'offre la lecture de mon conte dans lequel une princesse s'endort pour longtemps, dépose un baiser sur ma joue puis s'en va sans fermer la porte ni éteindre la lumière – comme je le lui demande. Alors je recommence mon rituel, j'embrasse la photo de ma mère sur ma table de nuit, j'organise l'armée de mes peluches autour de moi, je caresse mon chat, j'enfouis ma tête sous ma couette, ne laissant qu'une mince ouverture pour respirer, m'étouffant presque. Et je me mets à prier. Prier pour que ma mère revienne.

## 13

## MALÉDICTION

Je me préparai un café malgré l'heure tardive. M'affalai sur mon lit. Tremblais. Pas seulement mon corps. Mon esprit entier s'effrayait. Peuplé d'attaques. Repeint de blessures. Combien de temps encore les insomnies seraient-elles inévitables ? Les mots de mon père creusaient en moi un tunnel interminable.

La maison.

Sa femme.

Il n'avait rien fait de grave, avait-il dit.

Il nous avait, sans gravité, déshérités.

Rien de plus.

Que représente un héritage dans une vie ?

Lui-même n'avait rien reçu, avait-il dit.

Soixante mille euros ne nous auraient pas changé la vie, avait-il dit.

Pour mes frères fortunés, soixante mille euros, c'étaient des miettes, avait-il dit.

Mais pour moi,

moi qui ne gagnais pratiquement pas d'argent,
qu'est-ce que c'était ?
Soixante mille euros.
Il fallait être précis sur les chiffres.
Même si l'amputation restait abstraite.
Avant qu'il ne parle de me déshériter,
je n'avais jamais imaginé recevoir le moindre héritage.
Il n'était pas riche, à ce qu'il disait.
Lui-même n'en avait pas reçu, à ce qu'il disait.
Je ne m'étais jamais pensée *héritière.*
L'étrangeté du mot *héritière.*
Peut-on songer à l'héritage de son père avant qu'il ne soit mort ?
Il avait fallu qu'il prononce le mot héritage et qu'il en énonce la somme,
d'un coup j'étais devenue *petite* héritière,
d'un coup, j'étais devenue *petite héritière déshéritée.*
Mais on ne parlait que de soixante mille euros, avait dit mon père.
Cela ne nous aurait pas changé la vie, avait dit mon père.
Cette somme.
Était-ce *rien* ?
Était-ce *rien* pour moi qui possédais moins que ce *rien* ?
N'aurais-je pas préféré posséder ce *rien-là* plutôt que *rien du tout* ?

Observe, Carina, observe.
Que représentent soixante mille euros ?
Quelques mois à pouvoir écrire sans avoir à me soucier d'argent.
Deux ans, deux ans à écrire.
Jusqu'à quatre ans, peut-être, et même davantage.
Moi qui ne consommais que le minimum,
moi qui ne voulais qu'écrire.
Il fallait être précis sur les chiffres.
Mais ma vie ne changerait pas, avait dit mon père.
Il n'était pas le Roi du pétrole, avait dit mon père.
On ne parlait pas de milliards.
On ne parlait pas de millions.
On parlait, ici, de quelques milliers d'euros.
Soixante mille.
Étais-je folle ?
Mon père avait posé la question.
Étais-je folle ? Étais-je cinglée ?
Folle, cinglée, au fond, ne l'avais-je pas bien cherchée ?
Ma punition.

Puis quand j'en vins à m'étouffer d'arpenter seule ce souterrain mental, j'appelai Oren à l'aide. Chut, chut, me consola-t-il depuis sa chambre marseillaise en entendant ma voix entrecoupée de pleurs. Je l'avais réveillé. Je n'avais pas regardé l'heure. Les volets tous fermés. Il était plus de minuit. Je tentais de reprendre souffle au rythme de sa respiration ensommeillée. Oren m'expliqua qu'en France il était impossible de déshériter ses enfants. Ou, du moins, que c'était très difficile, d'après ce qu'il avait toujours entendu dire. Les enfants possédaient une part réservataire. De droit. Les enfants pouvaient intenter des actions en justice pour récupérer ce qui leur était dû s'ils s'estimaient lésés. En droit. Une belle-mère pouvait être attaquée par des enfants spoliés. Quiconque volait la part d'un héritage pouvait faire l'objet d'une plainte. Oren voulait me rassurer et j'aurais aimé le croire. Mais pouvais-je oublier une intention ? demandai-je. Mon père m'avait déshéritée. Il l'avait décidé, lucide, en pleine conscience. Comment pouvais-je suturer cela ? Oren ne trouvait rien à répondre. Lui qui avait été choyé par son père, était-il en mesure de comprendre la violence symbolique d'une exhérédation ? Ce que cela faisait, d'être rayée d'un testament. Ce que cela créait, de détestation de moi-même. Car comment aurais-je pu m'aimer si mon père, par cet acte, me signifiait, enfin, qu'il ne m'aimait pas ? Ou, plus exactement, que je n'étais pas digne de son amour. Donc. Que je n'étais pas aimable. Indigne d'exister. Qui n'a pas d'héritage vient de nulle part. Qui n'a pas d'héritage peut-il aller quelque part ?

Ce n'était pas une question d'argent, insistais-je. Soixante mille euros ce n'était pas rien, mais restons lucide : cela ne m'aurait pas transformée en rentière. Restons simple. Cependant Oren ne commentait plus, trop épuisé lui aussi. Peut-être jugeait-il cela immoral de revendiquer cet héritage alors que mon père était encore vivant. Son besoin de repos, surtout, le dominait. Il promit de me rappeler le lendemain matin. Et mes larmes scellèrent mes lèvres.

Je me préparai un autre café. L'alcool aurait été plus efficace, mais il m'arrivait de plus en plus souvent de penser au visage détruit de Catherine, l'amie de mon père qui luttait encore, hospitalisée, entre la vie et la mort. L'alcool, je ne pouvais plus en avaler. Je bus le breuvage noir et me mis au lit. Dehors, dans la rue, un jeune homme poussait des cris, et sa colère incarnait quelque chose de mythique. On avait la sensation qu'il voulait en découdre avec son destin, qu'il était sur le point d'assassiner quelqu'un, qu'il s'en crèverait les yeux. Puis ses cris se métamorphosèrent en grognements obscènes, comme s'il cherchait à se faire renaître, et je songeai à Asma.

Que pensait-elle du don qu'elle venait de recevoir ? Combien de caresses avait-elle faites à mon père pour obtenir la maison ? Combien de temps l'avait-elle imploré ? Avait-elle pleuré ? Avait-elle tenté de tomber enceinte ? De l'avoir traitée de pute, m'avait-elle insultée ?

Dans la rue, enfin, l'homme se tut, laissant place à un silence hanté par la crainte que ressurgissent les hurlements. Je mis ma couette sur ma tête par réflexe, et, devant mes yeux, ce rideau fit jaillir une autre scène.

C'était le dernier face-à-face accordé à mon père au troquet de la gare Saint-Lazare qui refaisait surface. Mais mes souvenirs cette fois apparaissaient remodelés par l'angoisse, et la fureur de mon père prenait une tournure théâtrale. On aurait dit qu'il se tenait sur une estrade, son crâne chauve parsemé de lentigos avait laissé place à une longue chevelure chenue, et il articulait ses imprécations en roulant des yeux sculptés d'éclairs. Qui de ses enfants ou de sa femme méritait le plus d'hériter de sa maison ? demandait-il d'une impressionnante voix de basse. Qui lui avait témoigné son amour avec le plus de ferveur ? Mes frères lui répondaient : « Pas nous ». Et ils étaient exclus. Je lui répondais : « Pas moi ». Et j'étais exclue. Mais, Asma, elle, Asma agissait. Elle le dorlotait comme on astique l'argenterie, avec ses mains, avec sa bouche. Ainsi le patriarche pouvait mesurer les preuves de soumission de ses sujets comme un petit Roi Lear.

Comme un petit *Roi Lear*. Naturellement j'appelais la littérature à l'aide. Naturellement je laissais venir à moi le début de cette longue tragédie de la maturité que Shakespeare avait rédigée entre 1603 et 1606 dans l'objectif conscient qu'elle traverse quatre siècles et qu'elle me parvienne, et que ses mots me rencontrent, me fouillent, me touchent, me remuent si profondément, bon sang, me scient, et questionnent, et éclairent, et révèlent ce que j'étais en train de vivre. Le *Roi Lear*, conte de la folie, conte de la colère, conte des douleurs qui traversent la *« limite extrême »*, dans lequel soixante fois le mot *cœur* se répète.

Et je voyais la salle du trône, lorsque, au premier acte, le vieux monarque réunit ses trois filles afin de leur léguer son royaume de son vivant. Il s'agit de répartir les parts, et Lear estime qu'il doit d'abord s'assurer du poids de l'amour de chacune d'entre elles.

Voilà donc Lear qui, du haut de son autorité, impose sa question :

*« Dites-moi, mes filles, qui de vous devons-nous juger la plus aimante ? »*

Goneril et Régane, les aînées, répondent en premier :

*« Sire, je vous chéris plus que les mots ne peuvent manier un tel sujet. »*

*« Au-delà de toute expression je vous chéris. »*

*« Je ne me trouve heureuse que dans l'amour pour Votre Altesse aimée. »*

Le roi goûte leur éloquence.

Elles affirment l'aimer plus que leurs époux, plus qu'elles-mêmes, il n'existe même pas assez de mots pour mesurer l'altitude de leurs sentiments à son égard.

En récompense, Lear leur attribue à chacune une conséquente part du royaume.

Puis c'est au tour de Cordélia, la petite dernière, de s'exprimer. Cordélia dont l'esprit est écœuré par l'hypocrisie de ses sœurs. Cordélia qui aime son père, sincèrement, mais qui n'arrive ni à exprimer ses sentiments avec des mots, ni à mentir. Elle ne pourrait jamais parvenir à dire, à l'instar de ses aînées, qu'elle aime son père plus que son futur époux, et pourtant *« je suis sûre que mon amour a plus de poids que mon langage »*, murmure-t-elle en aparté.

Cependant Lear s'adresse à elle, maintenant, sa fille préférée.

*« Et toi Cordélia, qui es notre joie. Que peux-tu dire pour recueillir un troisième lot plus opulent que celui de tes sœurs ? Parle. »*

*« Rien, Monseigneur »*, dit Cordélia.

*« Rien ? »*

*« Rien »*, répète Cordélia.

*« De rien il ne viendra rien. »*

Ainsi la fille aînée, Asma-Goneril, a parlé la première et a reçu sa part du royaume.

Ainsi la puinée, Asma-Régane, a parlé la deuxième et a reçu sa part du royaume.

Ainsi la petite dernière, moi-Cordélia, ai parlé et ai reçu : *« Rien »*.

Alors, Goneril, Asma triomphante, susurre à mon oreille.

*« Tu as refusé soumission, tu mérites bien que te manque ce que tu as perdu. »*

Tandis que Lear, mon père furieux, formule sa sentence :

*« Mieux eût valu pour toi n'être pas née*
*Que de tant me déplaire. »*

Me brûlant du chaos de son invocation :

*« Tempêtes et brouillards sur toi !*
*Que les incurables blessures de la malédiction d'un père*
*Déchirent tout ton être en tous tes sens. »*

TEMPÊTES ET BROUILLARDS SUR TOI. QUE LES INCURABLES BLESSURES DE LA MALÉDICTION D'UN PÈRE DÉCHIRENT TOUT TON ÊTRE EN TOUS TES SENS.

/ / / / /

Ma décision fut prise de ne plus jamais le revoir.

## 14

# DÉSERT

Maintenant l'été incarcérait nos corps : ciel incendié. Oren rentra de Marseille. Les travaux de son immeuble lancés, il était serein. Je lui avais manqué, me disait-il. Il voulait un enfant, me disait-il. C'était la première fois qu'il exprimait cette envie dont j'ignorais qu'elle pût à ce point compter pour lui. J'aurais bientôt trente-six ans, et il avait lu qu'à partir de trente-sept ans la fertilité des femmes chutait. Je n'en voulais pas. Impossible. Devenir mère alors que je n'avais eu qu'une absence maternelle en modèle : je craignais de reproduire ce vide – de transmettre, par mon sang, tous mes déchirements. Oren promit qu'il me comprenait même si ses yeux m'avouaient tout autre chose. Je le pris dans mes bras, et nous tentâmes de rattraper le temps que nous n'avions pas passé ensemble, à se câliner, à se dorloter, à se chouchouter, à se faire rire, à visionner des films, à se promener, à se regarder, à se garder. Et quand mon corps se braquait, emprisonné d'angoisse, incapable soudain de recevoir la moindre caresse, il m'assurait qu'il patienterait.

Cependant chaque jour je trouvais Oren changé, distant. Sa métamorphose se distinguait à travers des détails. Il prenait des douches interminables dont il sortait rougi, brûlant. Il travaillait de plus en plus tard. Chaque soir, il s'endormait avant la fin du film que nous avions choisi. Ne me demandait plus si mon roman avançait. Restait vague quand je m'enquérais de ses travaux. Dès que je ressassais mes histoires sur mon père, il changeait de sujet, ou bien il s'éloignait, prétextant qu'il avait besoin d'un objet quelconque qui se trouvait dans une autre pièce. Quand je manquais d'argent, je lui en parlais du bout des lèvres. Ma honte de dépendre de lui s'aggravait.

Enfin je décrochai un job qui me renfloua quelques mois et je proposai de partir en voyage. Ce projet nous rapprocha plusieurs semaines. Nous choisîmes la Sicile qu'aucun de nous ne connaissait. Nous la visiterions tous les deux pour la première fois et c'était cette perspective d'inédit qui me faisait agir, laver les brumes à l'aide de souvenirs nouveaux.

Nous partîmes en septembre.

Syracuse, Etna, Méditerranée, la beauté de tout nous étreignait, soudant nos cœurs d'une même émotion, tandis que le soir, à hôtel, mes accès de panique ressurgissaient. Oren tentait de m'embrasser, je me glaçais. L'alcool que je recommençais à boire en complément des anxiolytiques n'était d'aucun secours. Alors Oren s'enfermait dans la salle de bains plus longuement, tandis que je m'adonnais à toutes ces choses interdites. Scruter son téléphone. Ses poches. Ses regards. Enfin je l'interrogeai, le harcelai jusqu'à ce que son visage se givre, jusqu'à ce qu'il avoue. Avec cette autre femme, leur relation avait duré cinq mois. C'était lui qui avait rompu, quelques jours avant notre départ, la plongeant dans un malheur sidérant. J'avais lu les mails, les SMS. Mon corps en était éreinté de plaques rouges. En les découvrant, Oren fondit en larmes, et je fondis en larmes aussi. J'avais souvent discuté avec des hommes et des femmes sur des sites Internet de rencontres extraconjugales, il fallait l'admettre, j'avais rédigé des messages érotiques et je m'étais caressée en découvrant leurs réponses, mais tout était resté virtuel, je n'avais pas franchi le cap, je n'avais jamais touché la peau d'un autre, la langue d'un autre. Et je le regrettais, maintenant. J'enviais Oren d'avoir vécu cette passion. J'avais lu l'intensité de leurs échanges. L'impression que son corps, exploré par une autre, ne pourrait plus jamais susciter mon désir. Oren répétait qu'il ne l'aimait pas cette autre femme, même si le sexe donnait parfois l'illusion d'un attachement, aucun sentiment profond n'avait surgi pour cette amante dont il ne partageait pas les goûts esthétiques – une infidélité aussi superficielle ne pouvait être une cause de séparation, disait-il. C'était moi qu'il aimait, avec moi qu'il voulait vivre tous les instants à venir dans leurs moindres variations joyeuses ou tristes, avec moi qu'il se sentait lui-même. Mon amour, reste avec moi, disait-il. Il souffrait à en crever de ne plus pouvoir me faire l'amour.

Nous rentrâmes en France. Oren reprit le travail, je retournai à mes emplois alimentaires. À Montreuil, nous tentâmes de tout reconstruire. L'idée de nous séparer nous avait tellement effrayés qu'elle nous avait rapprochés. On s'endormait serrés l'un contre l'autre. Puis j'étouffais, je m'écartais. Il se levait en pleine nuit pour faire de longues marches, en proie à ses propres oiseaux noirs, ceux de son enfance dont j'apprenais, à travers les craquelures, qu'elle n'était pas aussi idéale que je me l'étais représentée. Toujours il revenait et je l'acceptais, malgré la douleur, comme on se résigne à un destin malheureux, avec l'espoir d'avoir la force de conjurer tous les sorts.

Le désert me traversa. Cinq années, six années. Je mis de côté mon roman *non finito délabré* et j'en commençai un nouveau autour d'un viol commis par un cousin dont mon jeune frère venait de me révéler l'existence, ouvrant de nouveaux trous noirs d'interrogations prioritaires. Ce « vouloir-écrire », comme le nomme Roland Barthes dans sa *Préparation du roman*, cette nécessité que je ne contrôlais pas, qui était là, chaque jour, et c'était à la fois un choc et un soulagement de constater son existence inlassable, seul rapport au monde envisageable. J'écrivais comme je pouvais, avec ce que je pouvais, avec la conscience de l'existence du mal, du point de vue de mes blessures, depuis ma nuit, depuis mes manques. Un roman dans lequel il n'y avait pas de père, cette fois. Un roman avec une mère vivante telle que je n'en avais pas eu, telle que j'aurais voulu, peut-être, en avoir une. Une femme, à la fois magnifique et terrible – Jocaste et Médée –, qui refusait de croire en la culpabilité de son fils, son fils adoré, et qui se fragmentait à mesure que la vérité criminelle se dévoilait. Et c'était un texte peuplé d'esprits et de corps maudits. Un roman si sombre qu'il m'imposait d'avancer lentement. À chaque mot, j'avais peur de mentir, d'en mourir. Aucun aphorisme n'était possible à formuler. Aucune vérité générale. Tout était aventure subjective. Le monde était aventure subjective. Faisceaux de questionnements. J'écrivais, j'explorais, unique façon de me connecter à moi-même et de me relier aux dimensions invisibles du monde. Et je tentais de transmettre cette expérience émotionnelle là, cette expérience spirituelle là. Une descente aux enfers en crescendo, une catabase épurée à l'âme. Mes efforts de concentration me laissaient exsangue.

En dehors des moments où je parvenais à écrire cette *mater dolorosa* à laquelle je m'accrochais comme une orpheline, j'errais, à côté de moi-même, acceptant n'importe quel job, puis démissionnant, par ennui, par méconnaissance de mes besoins, ou par trahison de ceux-ci. Oren, lui, s'encordait à moi comme si son rôle sur terre était de veiller un parent malade dont on attend la guérison. Il passait son temps à travailler. À dessiner, d'autres cubes, d'autres *abris*.

Les mots de mon père m'obsédaient.

*« Vous comprendrez qui je suis à ma mort, Carina. À ma mort, vous serez étonnés, toi et tes frères. Vous apprendrez des choses sur moi. Vous verrez. »*

Je n'avais pas eu envie de voir.

J'en avais crevé d'envie.

Et maintenant. Comment atteindre une vie pleine alors qu'une partie de ce que je pensais connaître n'était soi-disant pas ce que je croyais ?

J'avais tourné la phrase de mon père dans tous les sens, envisagé mille hypothèses, imaginé des cabales, des prisons, des enfants illégitimes. Je n'en avais conçu aucune certitude, sinon celle de sa parole : mon père pensait qu'il n'était pas celui que l'on imaginait. Qui était-il ?

Alors, sa mort, je l'attendis.
Je l'attendis comme on s'éteint.
Longtemps.
Je l'attendis comme on meurt.

## 15

## LA MORT

Un matin du mois de mai, je rentrais seule de la pharmacie lorsque mon frère aîné me téléphona.

– C'est fini, me dit-il. Papa est mort.

Mon frère m'avait prévenue de son hospitalisation. Il m'avait décrit notre père malade, souffrant depuis des semaines, son cancer généralisé ne lui laissant aucun répit. Sa mort n'était pas une surprise. Pourtant malgré moi les trois petits mots me frappèrent, *c'est fini* – je me mis à pleurer.

– Excuse-moi, dis-je à mon frère.

– Mais non, c'est normal de pleurer, me répondit-il.

Qui peut prédire la façon dont il réagira à l'annonce de la mort de son père ? Même si ce père était fielleux. Même si ce père était haï. La réaction d'un enfant maltraité qui apprend qu'une situation honnie se termine, qu'un lien maudit se rompt, tandis que le vide s'installe, en attendant que la possibilité d'une vie nouvelle irrigue sa conscience, cette réaction, qui pourrait la prévoir ?

Je pleurai.

Et la couleur du ciel, à ce moment exact, m'était invisible.

Mes frères avaient pris la mesure de la gravité de son état bien avant moi. Pendant des semaines, ils avaient voulu me convaincre de passer outre mon ressentiment et m'avaient expliqué que c'était notre devoir d'enfants d'assister notre père dans ses ultimes instants. L'un comme l'autre, le mutique et le colérique, ils avaient entamé un processus d'apaisement et m'avaient appelée à la raison. J'étais sa fille. J'étais sa fille préférée. J'aurais dû me plier à l'injonction du devoir, à ce fameux quatrième commandement biblique *« Honore ton père et ta mère afin d'avoir une longue vie sur la terre que le Seigneur ton Dieu te donne »*. Rappelle papa, Carina, m'avaient-ils conseillé à plusieurs reprises, rappelle-le vite parce que si tu ne le fais pas, si tu ne lui parles pas une dernière fois, tu le regretteras. Mes frères s'étaient rendus à son chevet. Ils se souvenaient des rallonges électriques. Ils n'oubliaient pas leurs nuits contaminées. Pendant plusieurs années, ils avaient même préféré couper les ponts : ils n'attendaient plus rien de lui depuis longtemps. Pourtant, quelques mois avant sa mort, ils avaient fait le déplacement jusqu'à sa chambre d'hôpital à Nice. Pour donner l'exemple à leurs propres enfants, selon mon frère aîné. Montrer aux petits qu'un fils doit respecter son père envers et contre tout. Peut-être avaient-ils peur que leurs enfants rompent avec eux. Peut-être avaient-ils peur de mourir seuls. C'était comme si mes frères, devenus pères à leur tour, s'étaient mis à percevoir des valeurs, des ordres sacrés. Comme si leur paternité avait ouvert l'accès d'un savoir immense. Celui de la préciosité des liens. Celui de leur propre finitude. Alors que j'étais encore, moi, nullipare, seulement la fille de mon père. Et que, médiocrement, par mon absence, j'avais eu envie de le punir.

Ma colère. Ma très grande colère.

Quelques fois j'avais fléchi et j'avais voulu l'appeler. Mais à chaque tentative le reflux du dégoût m'en avait empêchée. Je refusai de me confronter à son reniement, à ses mensonges. Je refusai d'accepter qu'il puisse mourir sans rien regretter de ses abus. Peut-être aurais-je voulu qu'il me demande pardon. Peut-être étais-je encore dans cet état de croyance que nos relations pourraient changer, que le cycle de nos échanges pourrait reprendre, s'il me demandait pardon. Comme si nous avions encore le temps. Comme si nous étions immortels. Mais avait-il seulement conscience d'avoir commis une faute ? Savait-il de quoi il avait à se faire pardonner ?

Une fois, malgré tout, j'avais cédé.

Trois semaines avant sa mort. J'avais sans doute besoin qu'il me dise que j'étais encore sa fille, et qu'il me confirme, ainsi, que j'existais. Puisque je lui avais accordé ce pouvoir : qu'il me prouve que j'existe. J'avais sans doute aussi besoin qu'il me dise qu'il m'aimait. Puisque je lui avais accordé cet autre pouvoir : celui de me donner une raison de vivre. Tous ces pouvoirs accumulés composaient une chaîne triste comme un chant mortuaire. Mais cet échange téléphonique, alors qu'il était sur son lit d'hôpital, s'était résumé à quelques mots.

– Les antidouleurs ne fonctionnent pas, me dit mon père. Mes jambes me font souffrir. Je ne mange pas. J'ai dû mal à articuler. Je suis très fatigué. Est-ce que tu vas venir me voir ?

– Je ne sais pas. Mais tu vas guérir, c'est sûr.

J'avais raccroché.

Mes yeux fermés très fort.

Ma colère. Ma très grande colère.

Puis, quand il fut admis qu'il n'y avait plus aucun espoir, et que mes frères redoublèrent d'efforts pour me faire réagir en me racontant que mon père délirait et que sa mort était imminente, je me connectai sur le site de la SNCF, m'obstinant pendant des heures à étudier les différents trajets possibles, à sélectionner des horaires, à choisir des places, sans jamais parvenir à aller au bout. Lui rendre visite à l'hôpital, je l'avais déjà fait pourtant, quand il avait été opéré de son premier cancer. Bien avant son retour au Maroc et bien avant son mariage avec Asma. À la sortie de la salle de réveil, je m'en souvenais, je l'avais retrouvé allongé sur son brancard encore à moitié anesthésié, et il m'avait tendu la main, faiblement, en prononçant mon prénom, faiblement, et je l'avais serrée, sa main, sa main jaunie par la Betadine reliée à des perfusions d'antalgiques et d'antibiotiques, sa main froide et sèche, je l'avais serrée dans la mienne en lui assurant que tout allait bien, que l'opération était finie, que j'étais là. *Je suis là, papa.*

À l'heure de sa mort, je n'avais pas été là. Peut-être était-ce l'enfant de six ans en moi qui avait refusé de lui accorder l'extrême faveur de ma présence. Je ne sais pas. Je ne sais pas. Seul ce fait peut être connu : je ne fis pas le voyage jusqu'au lit de mon père mourant.

Cependant ce jour-là *c'était fini.*

Au téléphone, avec mon frère à l'autre bout du fil, je pleurais.

Puis mes larmes se tarirent.

Mon obsession revint m'étrangler.

Alors je révélai à mon frère que nous allions découvrir des choses sur notre père, maintenant, que nous allions *voir*, que nous allions *être surpris*. Et je repris mon souffle pour lui relater ces mots lancés sur la terrasse d'un troquet de la gare Saint-Lazare que je n'avais jusqu'ici jamais rapportés, cette mise en garde que j'avais conservée pour moi – pour mieux la rendre irréelle.

Mais notre père était parti.

*« Vous découvrirez qui je suis à ma mort, Carina,* avait-il dit, *vous verrez. »*

L'heure était venue de voir.

## 16

## SON CORPS

Je pris le train plutôt que l'avion. Je voulais que mon voyage soit long. Six heures de train de Paris jusqu'à Nice. Je voulais, dans la longue solitude d'un wagon rempli d'hommes et de femmes ignorant tout de ma destination, avoir le temps de songer à ce que la mort d'un père signifiait. Libération ? Obsession ? Destruction ? J'avais emporté plusieurs livres, je n'en lus aucun. Je pris place côté fenêtre, rabattis le store, fermai les yeux et, à force de souvenirs, tentai une fois encore de justifier ma haine.

Mes deux frères m'attendaient devant la morgue privée nommée l'Athénée. Le ciel de Nice qui rayonnait au-dessus de nous, monochrome, fit apparaître Yves Klein en moi, et je pris le temps de contempler ce bleu dont l'artiste niçois avait signé l'envers en 1946, comme pour y puiser ma force. J'avais tant de fois recopié les mots d'Yves Klein dans mes carnets : « *Sentir l'âme sans l'expliquer, sans vocabulaire, et représenter cette sensation… c'est je crois l'une des raisons qui m'a amené à la monochromie.* »

« Sentir l'âme. »

Quel était l'état de mon âme ? De quelle couleur était-elle ? Une fois que j'aurais vu mon père mort, de quelle couleur serait-elle ? Et son âme, à lui ?

La chaleur nous accablait. J'enlevai ma veste. Asma téléphona pour nous prévenir de son retard et nous décidâmes d'entrer dans le bâtiment pour demander de l'eau. Elle nous rejoignit quelques minutes plus tard devant la porte de la chambre mortuaire. Pour la première fois, je vis la femme de mon père en vrai. Son pantalon noir, son bomber de cuir. Cheveux bruns lissés. Rouge à lèvres cerise. Lunettes de soleil opaques. Frêle. Petite. Elle nous embrassa comme si elle nous connaissait depuis toujours. Son accent était prononcé, mais en dehors de termes techniques, elle parlait bien français. Mon frère aîné prit quand même le temps de lui traduire tous les documents à remplir afin d'organiser le rapatriement du corps à Marrakech ainsi que la toilette rituelle selon les us et coutumes musulmans. Mon autre frère, comme à son habitude, resta en retrait. Et je ne fis aucun effort. Pour nous, Asma était une inconnue. Je n'avais qu'une envie : voir mon père mort. C'était un désir profond que celui d'observer son cadavre. Il était mort, que cela soit dit ne me suffisait pas. Il me fallait une preuve tangible.

Nous entrâmes. La chambre mortuaire, d'une quarantaine de mètres carrés, était meublée comme un salon sans fenêtre, éclairé par des appliques froides. À droite, des canapés, une table basse avec un vase garni de fleurs colorées dont je n'ai pas noté les espèces, une bouteille d'eau minérale et six gobelets en carton. Les murs et le sol recouverts de tissus et de moquette beiges et bruns assortis aux meubles. Uniquement des tons proches de ceux du bois, me dis-je, comme si nous étions en train de visiter l'intérieur même d'un cercueil. À gauche, séparé de la partie salon par un moucharabieh, se trouvait l'espace consacré à l'exposition du corps. Mon père reposait là, sur une table funéraire réfrigérée dont le moteur ronronnait fort et qui, mélangé aux relents de produits d'embaumement, dégageait un remugle auquel je n'avais jamais été confrontée. Un drap jaune pâle le recouvrait jusqu'au milieu du torse, laissant apparaître les épaules, le cou, et la tête sur son appui. Il portait une chemise à petits carreaux rouges et bleus que je ne connaissais pas, boutonnée jusqu'à sa gorge. Ses yeux étaient clos. Son crâne chauve parsemé de lentigos avait été maquillé comme ses joues. L'ensemble du visage se montrait cireux, maigre, quoique tout à fait reconnaissable. Mais le plus impressionnant, la chose qui, tour à tour, mes deux frères et moi, quand nous l'avons vue, nous a choqués, la *chose*, c'était qu'il avait la bouche ouverte. Ses lèvres desserrées dévoilaient ses longues incisives jaunes, et cet orifice béant, figé sur son dernier râle, sur son ultime plainte, offrait un spectacle horrible. Asma, qui comme nous découvrait le corps exposé pour la première fois, en fut immédiatement offensée. Elle se précipita vers cette tête ouverte en pleurant, et, avec ses deux mains, l'une sous le menton et l'autre sur le sommet du crâne, tenta de refermer la bouche rigide de son époux en murmurant : *« Mais pourquoi ? Mais pourquoi ils ne l'ont pas refermée ?… »* Nous ne saurons jamais. Mes frères et moi nous tenions en retrait d'Asma, tétanisés, et son geste et sa peine nous atteignaient en plein cœur. Sans avoir à se le dire nous étions d'accord tous les trois, il fallait la laisser, elle, d'abord, lui dire au revoir, l'embrasser, lui donner tous ses sanglots. Elle fut incapable de refermer cette bouche. Elle pleura longtemps, jusqu'à s'assécher, et, quand enfin elle se redressa, reprenant conscience de notre présence, comme ressurgie d'une cave, vacillante, sur le point de tomber, mon frère aîné passa ses bras autour de ses épaules pour l'accompagner du côté des canapés, et il l'aida à s'asseoir, et il lui offrit un verre d'eau. Mais elle secouait la tête. Elle ne voulait rien.

Il n'y avait plus que mon frère cadet et moi autour du corps. Je m'approchai. Cette gueule ouverte que je pouvais voir de près m'apparaissait maintenant dans toute la justesse de son horreur. Elle appartenait à l'homme qui avait battu ses enfants. Elle appartenait à l'homme qui les avait déshérités. Elle appartenait à l'homme qui m'avait abusée. Personne n'aurait pu déterminer, à cet instant, juste à regarder le masque criant de son cadavre, de quelle religion il était. Avait-il eu une âme ? Il semblait n'être plus que cette matière trouée, plus que ce mime de hurlement.

Je m'approchai, encore plus près. Il fallait que je le voie, dans tous ses détails. Je devais m'assurer que le ronronnement de la machine de réfrigération dont on apercevait la prise électrique dépasser était bien mécanique, que le souffle que j'entendais en continu ne provenait pas de ses poumons, qu'il ne s'agissait pas de sa respiration à lui. Je devais être certaine qu'il ne risquait pas de reprendre vie. J'hésitai. En face de moi, mon frère, celui qui ne disait jamais rien, était aussi en train de pleurer. Et je remarquai qu'il s'en étonnait de ses pleurs, il essuyait le coin de ses yeux avec son pouce et cherchait à écraser les larmes avant qu'elles ne naissent. Puis il sentit que je le regardais et il suspendit son geste, gêné, avant de me sourire, comme pour dédramatiser sa réaction, m'assurant qu'il avait la capacité de se maîtriser, de stopper le flux de son réflexe lacrymal. Je lui souris en retour. Un faible mouvement des lèvres, juste pour signifier que je le comprenais, que moi aussi je me contrôlais, que moi aussi je retenais mes sanglots, que moi non plus je ne voulais pas lui donner, à lui, l'entièreté de mon malheur.

Était-il vraiment mort ? Il fallait que je le touche. Je tendis la main. La peau de sa joue froide était d'une finesse extrême, prête à se déchirer. Alors, contre tous mes efforts, mes larmes forcèrent ma gorge, forcèrent mes yeux. Je lui fis une caresse, douce, quelques secondes, peut-être quatre secondes, pas plus, du dos de mon index, sur le creux de sa joue, le coin de sa bouche. Puis j'en eus envie : je me penchai à son oreille pour lui dire au revoir à voix basse. *Au revoir, papa. Fais un bon voyage.* Ce sont les mots qui me vinrent.

Mon frère me regardait encore. Il me souriait franchement maintenant, avec ses yeux mouillés, comme pour me dire qu'il compatissait, qu'il comprenait la nécessité de ma parole et de ma caresse dont, lui, n'avait pas eu l'envie. *C'est fini.* Je me mis à pleurer plus fort. Alors il vint me prendre dans ses bras, et je sentis sa main presser mon dos, et je sentis sa présence réconfortante. Pour la première fois de notre vie, me semblait-il, ce frère me câlinait, me câlinait vraiment, sincèrement, comme un être qui savait tout de ma peine, qui savait *tout*. Ça va, lui dis-je. Ça va aller. Il s'écarta et nous allâmes retrouver Asma et notre frère aîné côté salon.

De ce qu'il fallait faire, maintenant, nous n'avions aucune idée. On se demandait si le personnel de la morgue frapperait à la porte et nous guiderait. Mais personne ne nous dérangea. On se regardait, comme des oubliés. Asma annonça la première qu'elle préférait rentrer au studio que louait mon père pour continuer de rassembler les papiers nécessaires au rapatriement du corps à Marrakech. Et avec mes frères nous décidâmes d'aller marcher, ensemble, de notre côté, le long de la mer, soudain pris d'un besoin d'air – et de fuite.

# 17

# RENCONTRE

Qu'allions-nous découvrir de notre père, maintenant ?

Nous avait-il *pour de vrai* entièrement déshérités ?

En France ce n'est pas possible de déshériter un enfant, répétions-nous. Il nous faudrait consulter un notaire, prendre un avocat. Entreprendre toutes les démarches. Et nous recomposâmes l'existence de notre père, époque après époque, analysant ce que nous savions de lui, ce que nous avions vécu, ce qu'il nous avait révélé. Pendant deux heures, nous ravivâmes nos souvenirs, les fouets, les cris, chacun de nous possédant son propre canapé kaki dont il gardait trace en silence, et ces images-là nous ne souhaitions pas les ressusciter, mes frères et moi, tandis que le ressac de la Méditerranée, cette mer lente le long de laquelle nous marchions, persistait à nous rappeler que nos vagues intérieures noires remueraient toujours en nous.

Que pouvions-nous découvrir de pire que nous ne sachions déjà ?

Mes frères déclarèrent qu'ils s'en foutaient. Ils étaient persuadés que notre père avait dû fanfaronner, se donner de l'importance, son annonce ne devait être qu'une énième de ses manœuvres improvisées pour nous faire mal. Ils avaient envie de rentrer chez eux, retrouver leurs femmes et enfants, ils préféraient l'indifférence à la haine, le détachement plutôt que l'aliénation. Le corps avait été vu, Asma avait signé les documents, leur priorité était maintenant d'organiser leur voyage à Marrakech. Car l'enterrement aurait lieu au plus vite, dans le respect des règles de l'islam. Il eût même fallu que le corps soit inhumé dans les vingt-quatre heures et je me souvenais que mon père, obsédé par sa mort comme un petit pharaon, m'en avait parlé. Il pensait que nous n'aurions pas le temps de nous organiser pour venir suivre son cortège et il s'était fait à l'idée d'être mis en terre sans ses enfants, ce ne serait qu'une ingratitude supplémentaire constatée ante-mortem. Il n'avait pas imaginé qu'il rechuterait, que sa maladie se compliquerait, qu'il mourrait en France. Medhi Hernandez avait nourri l'espoir de partir dans son sommeil, d'avoir une mort paisible, ainsi qu'il l'avait bien méritée.

Le soleil chuta.

Mes frères repartirent chez eux en avion et je comptai mes sous pour prendre une chambre dans un hôtel convenable à quelques pas de la chambre funéraire. Oren aurait préféré que je rentre, il s'inquiétait, mais j'avais besoin de rester encore, quelques heures, seule, dans la même cité que le cadavre. Je n'étais pas croyante. Je n'étais pas en train d'imaginer des limbes, un passeur, une rivière et une porte des enfers devant laquelle mon père se serait présenté. Je songeais simplement à la réalité concrète de son corps, à sa matière, embaumée, qui demeurait pour le moment à la surface de la terre. Peut-être avais-je besoin de le veiller, ce corps. Le veiller le temps qu'il fallait : m'assurer qu'il ne se réveille pas. Rien ne me terrifiait davantage que les discours qui clamaient que les morts, à leur façon, restaient avec nous. Où ça ? Sous quelle forme ? J'aurais sans doute eu envie de prendre soin de la mémoire d'un défunt aimé, de continuer à le chérir. J'aurais sans doute voulu qu'un défunt aimé demeure. Mais l'idée qu'un mort haï perdure, que mon père persiste, je m'en rendais malade. C'était l'idée du fantôme. C'était la possibilité d'être hantée. La perspective d'être menottée à ma peur. Non. Je voulais que sa mort soit la mort au sens de : plus rien. Mais serait-ce le cas ? La mort serait-elle vraiment la fin de son regard ? La fin de cette menace ? La mort signerait-elle avec certitude la disparition de mon dégoût ? Je ne voulais pas qu'il reste, sous aucune forme que ce soit, ni mémoire, ni fantôme. Pourvu qu'il soit enfoui au plus vite et que son squelette s'efface. Mais j'étais restée à Nice, encore un peu, le temps d'une nuit, dans la même cité que son corps. Mon propre corps m'imposait de prendre le temps d'intégrer sa mort. J'avais beaucoup grossi ces derniers mois, accumulant les crises compulsives de boulimie, je me sentais énorme. Était-ce l'enfant de six ans qui, en moi, prenait encore toute la place ? Ce petit moi blessé. Je ne sais pas. Je ne sais pas pourquoi on se drogue, pourquoi on boit, pourquoi on grossit. Parfois, c'est l'unique façon de se protéger du danger d'un regard.

Quel message notre père avait-il bien pu nous laisser ?

Asma accepta de prendre un verre avec moi. Jointe par téléphone au numéro que mon frère aîné m'avait transmis, elle avait répondu tout de suite sans s'étonner de mon appel. On avait l'impression qu'elle me connaissait depuis toujours. Elle s'adressait à moi comme à un membre de sa famille, en me tutoyant, et je remarquai que son français était encore meilleur que je ne l'avais jugé. Nous décidâmes de nous retrouver en terrasse, dans un restaurant modeste et peu animé, à proximité du studio de l'avenue de la Californie côté Lenval.

Elle apparut avec les mêmes vêtements noirs qu'elle portait à la morgue. Ses cheveux foncés, toujours bien lissés. Ses ongles manucurés. Sa silhouette si fine qu'à côté j'avais la sensation de peser trois cents kilos. Elle n'enleva pas tout de suite ses lunettes de soleil pour me parler malgré la nuit, un mouchoir dans une main, une cigarette dans l'autre. Elle commanda du rosé et but et fuma en continu, s'emparant de son briquet et de son paquet dès qu'elle terminait d'écraser un mégot, et je savais qu'elle agissait ainsi parce que je l'effrayais.

Moi aussi j'étais en noir. Une vieille robe peluchée que je jetterai quelques heures plus tard dans une poubelle de la promenade des Anglais. Surtout ne conserver aucun souvenir palpable de cette journée, aucune étoffe, aucun parfum, je voulais que la mort soit la fin, la vraie fin.

– Dans la région où je suis née, me dit Asma, on s'habille en blanc pour honorer les morts Mais ici, je sais que c'est noir.

Je hochai la tête. Étais-je là pour qu'elle me raconte sa vie ? D'elle je connaissais déjà de nombreux éléments. Je savais qu'elle venait d'une famille d'artisans très modestes. Je savais qu'elle faisait toujours attention à ne pas fumer et à ne pas boire en présence de sa mère. Elle ne faisait pas le ramadan quand elle accompagnait mon père en France. Elle avait travaillé comme secrétaire médicale dans un cabinet dentaire mais elle avait rompu son contrat le lendemain de son mariage, cessant toute activité. Ces deux dernières années, à ce que m'avaient raconté mes frères, mon père lui donnait l'autorisation de sortir sans lui, le soir, en boîte de nuit, pour qu'elle s'amuse, alors qu'il était trop fatigué pour l'accompagner. Je savais qu'elle était la dernière personne à l'avoir vu vivant.

– Mon père m'a dit qu'on découvrirait des choses à sa mort, déclarai-je. Tu sais de quoi il parlait ?

Asma, avec ses yeux aussi rouges que les miens, parut étonnée. Non, elle ne savait pas. Parlait-il de sa conversion à l'islam ? Ce fut la première idée qui lui vint. Mais non. De cela il nous avait mis au courant. Elle fit mine de réfléchir, de fouiller dans sa mémoire, mais non, non, elle ne voyait pas du tout de quoi je parlais.

– Ton père était quelqu'un de très bien, me dit-elle.

– Et il t'a donné la maison.

Cette fois elle eut l'air gêné, et je compris que mon père lui avait rapporté toutes les conversations que nous avions eues. Elle savait que je l'avais traitée de pute. Elle savait que je l'avais soupçonnée de l'avoir manipulé.

– C'est lui qui a voulu me donner la maison, je te jure, me dit Asma. Je te jure, je n'ai rien demandé.

Elle répéta « Je te jure », puis elle proposa de me raconter comment il avait pris sa décision, m'expliquant que, bien avant qu'il ne rechute et ne se retrouve à combattre de nouvelles métastases dont le nombre ne cesserait de croître, mon père était déjà tourmenté à l'idée que, à sa mort, Asma risquait de se retrouver sans logement ni ressources alors que c'était lui qui lui avait demandé d'arrêter de travailler. « Je te jure. »

Mon père avait fait venir un notaire et le notaire lui avait tout expliqué. Dès lors qu'il signerait, dès que l'acte de propriété de la maison serait transféré au nom d'Asma, mon père ne pourrait plus faire marche arrière. Le notaire avait demandé à mon père de prendre le temps de la réflexion. Il était revenu trois fois. Il avait tout réexpliqué trois fois.

Asma s'appliquait à me préciser les détails, les dates, et je comprenais que c'était son honneur qu'elle voulait défendre tout autant que l'intégrité de son époux. Je repensais au cinéaste Fritz Lang qui notait toutes les actions qu'il accomplissait sur un petit carnet, heure par heure, consignant des preuves de son emploi du temps au cas où la police l'accuse à tort d'un crime, ce dont il avait déjà fait l'expérience. Asma tenait à s'innocenter.

Mon père avait réfléchi pendant plusieurs semaines. Asma insistait : « Plusieurs semaines ». Et j'imaginai qu'il avait fait des tableaux, qu'il avait hiérarchisé ses souvenirs, comparant la valeur de ses enfants dans sa vie à la valeur de la présence de sa femme à ses côtés. Puis il avait pris sa décision, en conscience.

– Je te jure, Carina, je n'ai rien demandé à ton papa. Il a décidé tout seul.

– Et ça ne t'a rien fait ? demandai-je.

– Comment ça ?

– Tu as trouvé ça normal qu'il déshérite ses enfants ?

– Il m'a dit qu'il vous avait beaucoup donné.

– Tu l'as cru ?

– Il m'a raconté, il s'est très bien occupé de vous, tout seul, à toi il t'a payé des études.

– Il ne t'a rien dit d'autre ?

– Il m'a dit qu'il avait toujours été là pour vous.

– Ça t'arrangeait bien de le croire.

– Écoute, Carina. Je me suis très bien occupée de ton papa. J'étais là tout le temps. Treize ans, pendant tout notre mariage, j'étais là. Il n'était pas toujours facile, je crois que tu le sais, il pouvait être très dur. J'étais à son chevet aussi, jusqu'au bout, je ne l'ai jamais laissé tomber. Je peux te raconter si tu veux, comment il est mort. Je vais te raconter ça aussi.

Et elle se mit à me raconter, toujours en fumant, toujours en buvant, toujours en tremblant, à quel point ça avait été difficile, que mon père, qui avait besoin de soins quotidiens depuis des mois, s'était mis à délirer quatre jours avant de mourir, à cause d'une hémorragie cérébrale qui avait été diagnostiquée, en plus du reste. Jusqu'à ce qu'il ne reconnaisse plus personne, jusqu'à ce qu'il lance des phrases incohérentes, folles, une errance de déraison. Les médecins avaient fini par convoquer Asma pour qu'elle choisisse. Préférait-elle que mon père meure à l'hôpital ou bien préférait-elle le ramener chez lui ?

– J'étais vraiment choquée d'avoir à faire ce choix, Carina, m'avoua-t-elle. Je n'acceptais pas, je ne comprenais pas.

La psychologue de l'hôpital avait été appelée pour l'aider. Il faut le laisser partir, avait-elle dit à Asma. Il ne faut pas lutter à la place du mourant, il ne faut pas le retenir. On lui avait donné une boisson chaude, une couverture. Puis, pendant qu'elle réfléchissait et qu'elle s'acharnait à espérer, assise sur une petite chaise qu'on avait apportée pour elle, dans le couloir du grand hôpital, devant la porte du malade dont on continuait de surveiller la température, la saturation, le pouls, le professeur qui s'occupait de mon père était venu la voir à son tour. Qui est Carina ? lui avait-il alors demandé.

Monsieur Hernandez n'arrête pas de répéter ce prénom, de l'appeler. Il faut prévenir Carina, lui avait-il ordonné.

– Mais j'ai pas osé t'appeler, me dit-elle en baissant les yeux. J'avais pas ton numéro sur moi, et… j'ai pas osé.

Je la scrutais.

Elle posa sa main sur son front, soutenant sa tête attristée, évitant mon regard.

Je scrutais la fumée qui s'échappait de sa bouche, et ses pupilles humides où se reflétaient les guirlandes lumineuses en forme de tulipes grossières de cette terrasse sans charme où nous étions pratiquement seules, tandis qu'une brise commençait à nous rafraîchir.

Ce qu'elle venait de me révéler, était-ce réel ? Mon père avait-il répété mon prénom ?

Asma s'enfonça dans sa chaise et son visage entra dans l'ombre.

Je crus qu'elle allait s'effondrer.

Je crus que j'allais m'effondrer.

Elle poursuivit.

La façon dont mon père fut transporté en ambulance jusqu'au studio de l'avenue de la Californie et la façon dont, à ce moment-là, elle était encore dans le déni. Elle pensait qu'il pourrait guérir, que le retour à domicile lui redonnerait de la force, qu'elle-même aurait le pouvoir de le sauver. Sa veille avait duré dix-sept heures. Installé dans son lit, il avait ouvert les yeux par intermittence, remuant la tête, paupières fiévreuses, incapable de parler, et parfois il était parvenu à bouger les lèvres, à lancer des baisers dans l'air pour l'appeler, elle, pour qu'elle comprenne qu'il aurait voulu l'embrasser, son épouse, sa chérie, qu'elle sache qu'il l'aimait et qu'il la voulait près de lui. Pendant dix-sept heures, elle ne s'était pas autorisée à quitter son chevet. Ne s'était pas allongée sur le canapé, ne s'était préparée aucune boisson chaude. Elle voulait faire acte de présence, et elle s'y tint, jusqu'à ce qu'il émette de grands râles dont elle n'avait pas tout de suite compris la nature et dont elle avait imaginé qu'ils étaient peut-être bon signe, qu'il s'agissait d'une toux provoquée par une bronchite qu'il avait dû attraper, en plus du reste, et dont elle le soignerait aussi. Elle ne savait pas que ces rauquements étaient les derniers, que sa bouche expirait mécaniquement ses ultimes salves d'air. Elle lui demandait ce qui n'allait pas et n'osait pas le réveiller. Il avait l'air de cauchemarder. Les râles avaient duré, et elle lui avait tenu la main. Ne s'était pas éloignée ne serait-ce que de cinq centimètres. Jusqu'à ce qu'il se fige. Alors elle avait paniqué. Elle avait appelé l'hôpital, le médecin. Jusqu'à l'évidence de sa mort.

– Excuse-moi, lui dis-je.

Je dus me lever, m'éloigner.

Entrer dans le restaurant, chercher les toilettes, descendre trois marches.

Tourner à gauche, ouvrir une porte laquée noire, pénétrer dans une cabine.

M'enfermer.

M'effondrer là.

Dominée de frissons.

Dominée de sanglots.

Certaine de devoir rester emprisonnée à l'intérieur de ce sas aveugle – y périr.

Enfin, à force de me donner des ordres, il fallait que je me calme, *chuuut*, *chuuut*, il fallait que je reprenne conscience de l'heure, du temps, ça va aller, *chuuut*, je suis vivante, moi, je vis, à force, mon corps cessa de trembler. Et je pus ressortir, démarche redressée, visage essuyé, réussir à retourner m'installer devant Asma. Devant cette femme du même âge que moi. Cette femme qui n'avait pas osé m'appeler. Cette femme qui avait vu mon père mourir.

Asma avait encore des choses à me dire.

– Il voulait se faire enterrer à côté de la maison pour que je vienne le voir tous les jours, et j'ai promis. Je te jure, Carina. J'irai le voir tous les jours. Cette maison, c'était notre petit nid d'amour avec ton papa. Tu pourras y venir quand tu veux, je lui ai promis. Je me suis occupée de lui jusqu'au bout.

– Hé bien, tu as eu ton salaire, déclarai-je.

Elle se figea.

– Non, non, je ne peux pas entendre ça, dit-elle alors en secouant la tête. Je suis désolée Carina, tu es vulgaire, je ne peux pas… Désolée, mais non… Non.

Elle rassembla ses affaires, prit son sac et se leva.

– Je suis désolée, je ne peux pas… répéta-t-elle. Je vais te laisser. Ton père était quelqu'un de très bien, de très très bien, c'est tout ce que je peux dire. Et toi, Carina, tu étais sa princesse.

Elle partit.

# 18

…

Ma violence. Comment remonter à sa source ? Comment rejoindre l'origine de ce fleuve de lave creusé en moi ? Est-il possible de l'étancher ? Peut-on assécher sa propre sauvagerie ? J'en observe l'ébullition et je vois : une maman qui s'éloigne, des enfants que l'on fouette, un canapé kaki, velours en lambeaux, espace de sévices. Et puis il y a ce que je vois, et il y a ce que je ne vois pas. Ce qui fourrage, sous le lit, de l'autre côté du sol, au fond du fond, dont on ignore la nature. Occulte. Ce qui tue. Ce qui anéantit, avec des déguisements, avec des masques. Comment combattre ? Avec quelles ressources ? Suis-je condamnée à subir cette violence souterraine qui attise ma violence de surface ? Suis-je condamnée à insulter Asma ? À détester mon père ? À être obsédée par les fenêtres desquelles on peut sauter ? Que dois-je invoquer pour lutter sans me détruire ? Sans rester, pour toujours, cette menace d'éruption.

« Tout le monde sent le mal en soi, en a en horreur et voudrait s'en débarrasser, écrit la philosophe Simone Weil. Hors de nous nous voyons le mal sous deux formes distinctes, souffrance et péché. Mais dans le sentiment que nous avons de nous-mêmes cette distinction n'apparaît pas, sinon abstraitement et par réflexion. Nous sentons en nous-mêmes quelque chose qui n'est ni souffrance ni péché, qui est l'un et l'autre à la fois, la racine commune aux deux, un mélange indistinct des deux, en même temps souillure et douleur. C'est le mal en nous. C'est la laideur en nous. Pour autant que nous la sentons, elle nous fait horreur. L'âme la rejette comme on vomit. »

Dans *Le Roi Lear*, il y a cette scène : une énucléation. Un homme, Gloucester, se fait littéralement arracher les yeux. C'est Régane, la fille de Lear, qui mène l'opération. Elle veut supplicier l'homme qui a pris le parti du roi, son père. D'où vient la rage de Régane, celle qui a pourtant hérité de la moitié du royaume ? Pourquoi les deux filles aînées de Lear, Goneril et Régane, les deux héritières, celles qui ont tout obtenu, se comportent-elles aussi violemment ? À bannir leur père. À torturer des hommes. Leur « ingratitude », dont Lear se plaint, est-elle l'unique raison ?

Sont-elles des « furies dénaturées », des « sorcières », *« unnatural hags »*, ainsi que les insulte Lear ? Leur nature est-elle par essence mauvaise ? Peut-on se contenter de ces explications ?

À la fin de l'acte I, après que Lear leur a tout donné, les deux sœurs évoquent le mauvais caractère de leur père, sa fureur facile, et l'on comprend qu'il les a sans doute outragées, moralement au moins, pendant toute leur vie. *« Les meilleures et les plus saines années de sa vie ne furent qu'emportement »*, dit Goneril. Elles ont obtenu l'héritage d'argent, mais l'amour de leur père, en proie à un tempérament *« depuis longtemps greffé en lui »*, cet amour, l'ont-elles jamais connu ?

Bien sûr, les mauvais traitements ne sont que suggérés, et si on regarde distraitement la pièce, et si on adopte le point de vue de Lear, on pourrait croire qu'il est vraiment la victime qu'il clame être devenu, un pauvre père trahi par ses deux aînées au « cœur de marbre ». Un père sacrificiel qui aurait pourtant mérité respect et douceur, ces deux faveurs que lui accordera d'ailleurs Cordélia, la petite dernière, à la fin, alors même que l'on se serait attendu à ce qu'elle lui en veuille de l'avoir privée de tout.

*« Je sais que vous ne m'aimez pas,* avoue Lear à Cordélia quand il la retrouve acte IV scène VII, *car vos sœurs, je m'en souviens, m'ont fait du mal. Vous avez des motifs pour cela, elles non. »*

*« Aucun motif, aucun »*, assure alors Cordélia, avant d'ajouter, à l'acmé de sa clémence :

*« Ô mon père chéri, que la guérison attache son remède à mes lèvres, et que ce baiser répare la violence que mes deux sœurs ont infligée à ton âge vénérable. »*

Contrairement à ses sœurs, Cordélia n'est jamais entrée dans la violence. N'est-ce pas à elle que Lear a voué tout son amour ? Un amour paternel immense dont Lear prend toute la mesure au moment où elle meurt, assassinée, et qu'il serre contre lui son jeune corps inerte, et qu'il prononce ces mots qui, à chaque fois que je les récite, me déchirent.

*« Pourquoi un chien, un cheval, un rat, auraient-ils la vie, et toi plus un souffle ?*

*Tu ne reviendras plus,*
*jamais, jamais, jamais, jamais, jamais. »*

Never, never, never, never, never.
Cinq fois *never.*

Cette réplique me brise, oui.

Parce qu'en réalité je ne suis pas Cordélia. La tendre, la fille bien aimée.

Parce que je suis Régane. La rageuse, la violente.

Moi-Régane : celle qui, à la fin de la pièce, empoisonnée par sa sœur Goneril, arrivée au seuil de sa propre mort, alors que ses premières paroles n'étaient qu'hypocrisie, finit par dire toute la vérité de son être : « *Sick, O sick* » – ces mots que certains traducteurs traduisent par « *Je souffre, je souffre* ».

Deux fois « *Je souffre* ».

Moi-Régane : celle qui, mal aimée par son père, malade, souffre.

Shakespeare pouvait-il être plus explicite ? Dans *Le Roi Lear* comme dans toute existence : l'enfant mal aimé souffre. Quels que soient les biens matériels qu'il reçoit, un château, la moitié d'un royaume, tout un trésor d'argent, l'enfant mal aimé souffre. Et c'est cette souffrance qui, à défaut de ressources protectrices, menace de l'engouffrer dans la carrière du mal.

Mais peut-être ai-je tort.

Une interprétation n'est qu'une interprétation.

Comment peut-on savoir ce qui se cache dans le cœur des autres ? Comment connaître ce qui se terrait dans celui de mon père ? Asma avait dit que j'étais « *sa princesse* », elle avait articulé ces mots avec conviction, comme une évidence, une vérité jetée à ma figure, « *Toi, Carina, tu étais sa princesse* », m'obligeant, une énième fois, à reformuler ma question :

Mon père, m'aimait-il ?

À l'heure de sa mort, sur son lit d'hôpital, quand il répétait mon prénom, quand il m'appelait.

*Carina…*

M'aimait-il ?

*Carina…*

Éprouvait-il des regrets ?

*Carina…*

Ou bien était-ce une espèce de folie ?

Cinq fois *Carina…*

Cent fois *Carina…*

/ / / / /

Je rentrai dans ma chambre d'hôtel de Nice, seule, lourde, et j'avais envie de violenter les murs. La décoration de cette pièce, je ne m'en souviendrai pas. Violenter parce que c'était réel, sa mort, absence de souffle, décomposition des organes, émiettement des os. Violenter parce qu'un père avait été incestueux. Violenter parce qu'un père m'avait déshéritée. Parce que sa mort n'avait rien changé à cette brutalité.

Je m'assis sur le lit et je pressai mes mains l'une contre l'autre. Surtout les empêcher de se faire mal, de me faire mal, de tout détruire, de m'anéantir. Fermer la fenêtre. Puis je m'allongeai, changeant de position, me retournant, incapable de me fixer dans une position horizontale qui aurait été symétrique à celle de son cadavre. M'agitant, jusqu'à me figer, me rigidifier, recroquevillée en boule, en fœtus.

## 19

# ENTERREMENT

Voyons. Lorsque ma grand-mère est morte, je ne me suis pas posé de question. J'ai acheté un bouquet de trente-cinq roses blanches, j'ai fait imprimer un ruban funéraire en son hommage, « À Mémé », j'ai pris le train pour aller voir son corps dans la chambre mortuaire de sa maison de retraite médicalisée, c'était la première fois que je voyais un cadavre, dans la pénombre elle gisait, yeux fermés, bouche fermée, inoffensive, je me suis approchée, j'ai posé ma main sur son bras par-dessus le drap crème, je lui ai souhaité bon voyage, elle ne souriait pas. À travers son chemisier en coton son coude était glacial et j'ai su qu'elle avait vécu plus qu'elle ne l'aurait voulu, quatre-vingt-onze ans, elle en était encore en colère, ses lèvres crispées, ça m'impressionnait, elle n'avait pas supporté de devenir incontinente, dépendante, cerveau troué, membres sclérosés, elle avait honni son extrême vieillesse. Je ne me suis pas posé de questions, quand ma grand-mère est morte. J'ai tenu à lui rendre hommage, j'ai assisté à ses funérailles.

Pour mon père, ce fut différent.

Nous étions en mai, j'étais frigorifiée. Oren avait pris deux jours de congé pour rester avec moi, et il tentait de me réchauffer en me serrant contre lui, soufflant dans mon cou, rajoutant un pull par-dessus mes épaules, des chaussettes, une couverture. « Moi j'ai pris l'avion depuis le Japon pour assister à l'enterrement de mon père », me confia-t-il. Mais pouvais-je demander à mon précieux Oren de me conseiller ? Ce que j'étais en train de traverser, ce triste édifice de la haine paternelle, il ne pouvait pas y avoir accès. Il avait eu un père chéri, j'avais eu ce père-là, qui m'avait dit ces mots-là : « Je me ferai inhumer au Maroc et ça ira très vite, vous n'aurez pas le temps de venir à mon enterrement, tous les billets sont trop chers s'ils sont pris à la dernière minute, je ne m'attends pas à ce que vous fassiez la dépense, ce ne sera pas la peine. »

Bien sûr, je savais que Jean-Pierre-Medhi Hernandez eût préféré se tromper, qu'il eût voulu croire que nous étions de bons enfants capables de trouver une solution pour l'accompagner jusqu'à sa tombe.

Mais je ne voulais pas être une bonne enfant, celle qu'il avait attendu que je sois, résultat d'un dressage.

Je voulais être la vérité de moi-même.

Vingt-quatre heures après avoir vu son corps, j'annonçai ne pas vouloir assister à son enterrement. Mes frères tentèrent de me faire changer d'avis, mais ils finirent par admettre mon choix que j'étais sûre de ne pas regretter. Je leur fis promettre de tout me raconter, de m'envoyer des photos et, si possible, d'enquêter, dans l'hypothèse de plus en plus improbable où notre père aurait laissé un message pour nous, chez lui, à Marrakech.

La cérémonie se déroula selon l'ordre précis qu'il avait détaillé dans un document à l'intention d'Asma, chargée de tout organiser. Après la toilette rituelle, elle fit déposer la boîte mortuaire sur un catafalque improvisé dans le salon de sa maison (je vis des photos), et l'imam dut entonner ici les premières prières (je vis des vidéos, j'entendis les chants), car mon père avait voulu reposer dans sa maison avant de rejoindre sa dernière demeure. Puis la petite dizaine de convives fut invitée à monter dans deux voitures et à suivre le corbillard (je vis les photos) jusqu'à leur première étape, la mosquée, où mes frères n'eurent pas le droit d'entrer en vertu de la règle qui interdit aux non-musulmans de pénétrer dans un lieu sacré islamique (je vis les photos de l'extérieur de la mosquée). Dehors il faisait plein soleil, ciel complètement dégagé. Mes frères patientèrent devant la porte de l'édifice jusqu'à ce que l'imam décide de les laisser quand même entrer, à la fin de la cérémonie, dérogeant à la règle par humanité. Puis tout le monde affronta la chaleur et suivit le cercueil à pied jusqu'à un petit cimetière avec sol en terre battue (je vis les photos) où le corps fut déposé dans sa tombe (je vis les photos). Après quoi chacun reprit sa voiture pour rejoindre la maison où un repas préparé par la petite Asma les attendait (je vis les photos), composé de tous les plats préférés de mon père, tagine d'agneau aux cardons, couscous merguez et pâtisseries au miel disposées dans de grands plats en grès bleu de Fès en quantité astronomique, comme s'ils s'étaient attendus à ce que mon père fantôme, accompagné de tout un harem de fantômes, débarque et vienne tout dévorer.

Mes frères fouillèrent le bureau en cachette. Pendant que le plus jeune faisait le guet, l'aîné ouvrait les tiroirs, les armoires, là où tous les papiers de notre père étaient parfaitement classés, de la même façon qu'il les classait déjà, quand nous étions enfants, dans son cagibi aux murs mauve lilas. Les murs de son bureau marocain étaient blancs (je vis les photos), et dans la bibliothèque en merisier qu'il avait ramenée de France, devant les rangées de livres, trônaient des portraits encadrés de chacun de nous : mes frères, leurs enfants, Asma et moi (je vis les photos). Ainsi nous découvrîmes qu'il pouvait contempler les visages de tous ses enfants chaque jour. Mais c'était surtout le contenu des étagères qui soudain m'intéressait, les livres dont je savais qu'il ne les avait jamais lus. Ces livres étaient à moi. Enfant, je les avais tous rapatriés dans ma chambre, j'étais la seule de la famille à les lire. C'étaient des livres reliés faussement luxueux que mon père avait achetés en promotion, par correspondance, parce qu'il trouvait que ça faisait joli et bourgeois, dans une bibliothèque de salon, d'aligner des bouquins en simili cuir avec bordures dorées. La série complète des Rougon-Macquart, un choix de classiques du XIX^e^, Balzac, Dumas, Hugo, Sand, la *Divine Comédie* de Dante, ainsi que toute une collection de romans gothiques anglais. Ceux-là, précisément, je voulais les récupérer. Mon père m'avait souvent demandé de venir les chercher, mais je n'avais jamais fait ce voyage. Maintenant, de les avoir revus sur les photos, ces livres me manquaient comme on manque de souffle, et je priai mon frère d'en subtiliser quelques-uns. Je voulais que mon frère me rapporte au moins *Le Moine* de Lewis, *Frankenstein* et *Docteur Jekyll et Mister Hyde,* les fondations de ma rencontre avec la littérature. Soudain terrifiée à l'idée que cette traduction en deux tomes du *Moine*, qui n'était plus rééditée, croupisse je ne savais où, car il était certain qu'Asma ne la lirait pas. Qu'en ferait-elle ? La vendrait-elle ? Je ne le supportais pas. Elle avait eu la maison, elle n'obtiendrait pas cette partie de moi. *Le Moine* de Lewis qui, lorsque je l'avais découvert à l'âge de dix ans, m'avait le premier donné la certitude que je n'étais pas seule, que les sensations étranges et terribles dont j'avais eu la manifestation existaient dans le cœur d'autres personnes, que je n'étais pas folle, que je n'étais pas unique à savoir que le mal existe. Je n'avais jamais pu relire ce livre, avec son viol, avec son diable, tant il m'avait impressionnée. Plus tard, j'avais parcouru la traduction d'Antonin Artaud, mais celle-ci trahissait trop *ma* version, ce n'était pas le même bouleversement. Est-ce que je l'aimerais encore ? Une rencontre entre ce livre et moi pouvait-elle à nouveau avoir lieu ?

Mon frère finit par les dénicher derrière des catalogues dédiés aux trains miniatures, échelle HO. *Le Moine* en deux tomes, *Frankenstein* et *Docteur Jekyll et Mister Hyde.*

– Prends-les, lui demandai-je.

Je sentais que mon frère trouvait ridicule de m'entendre réclamer ces romans qui n'avaient pas grande valeur monétaire et que j'aurais pu retrouver chez un bouquiniste ou sur ebay. Il avait l'impression de commettre un vol, il hésitait. Je dus lui expliquer que notre père me les avait donnés de son vivant, et c'était la pure vérité. Ces livres symbolisaient soudain mon véritable héritage, celui que je me choisissais. Mes livres-clefs : ceux de *l'enfant*. Mon frère déroba ce que je lui demandais.

Sur notre père, il ne trouva rien de nouveau, rien d'étonnant. Peut-être que s'il avait eu l'audace d'allumer l'ordinateur il aurait pu découvrir deux ou trois petits secrets, d'un genre salace, ou autre. Mais ce qui était maintenant certain, c'était que notre père n'avait laissé aucun message à notre intention. Aucun testament.

*Rien.*

/ / / / /

Et puis, en parallèle de ces funérailles suivies par correspondance, je décidai d'organiser ma propre cérémonie.

Je n'étais pas croyante, je m'étais presque toujours considérée comme athée.

Pourtant un murmure, au cœur de ces fameux espaces cadenassés d'une croyance cachée, une voix claire, en moi, m'avait ordonné cette action que je n'aurais jamais cru avoir à accomplir.

Appeler l'église catholique du coin de ma rue dans laquelle je n'étais jamais entrée, et demander s'il était possible de faire dire une messe pour mon père musulman qui venait de mourir et dont l'enterrement aurait lieu au Maroc. On me répondit que c'était possible, qu'on noterait ma demande dans le petit cahier à l'intention du prêtre qui officierait ce jour-là.

Je n'étais pas croyante, j'avais été athée et peut-être (je n'en étais pas certaine) étais-je devenue agnostique.

Mais la mort de mon père semblait avoir déclenché l'envie de me souvenir qu'un jour, le temps d'un chant liturgique, j'avais ressenti comme une orfèvrerie d'amour en moi. Me souvenir que l'écoute d'un *Ave Maria*, une fois, m'avait dicté d'accorder ma confiance au Christ. Ou peut-être (je n'en suis pas certaine), que face au silence laissé par mon père, face au *rien*, ai-je eu besoin de me rattacher à un héritage spirituel, le seul que je connaissais à peu près. Ou peut-être (je n'en suis pas certaine), avais-je tout simplement envie de participer quand même, à ma façon, moi sa fille, à sa mise en terre. Peut-être (je n'en suis pas certaine) que, contrairement à ce que je croyais, la haine ne m'avait pas entièrement abîmée.

Je me rendis à l'église en compagnie d'Oren qui, depuis qu'il m'avait récupérée transie au retour de Nice, ne pouvait plus me laisser seule. C'était une petite paroisse, et nous n'étions que cinq à assister à la messe en ce lundi matin, d'âges et d'origines mélangés. Une vieille femme qui, d'après ce qu'elle clamait, venait quotidiennement. Un homme qui vivait dans la rue et s'était traîné jusqu'ici comme ça lui arrivait, parfois, quand il désespérait. Une femme plus jeune, une infirmière, qui écoutait tout avec ferveur. Oren, cet athée qui avait été élevé dans une famille protestante non pratiquante, et assistait à la première messe de sa vie. Et moi. Le prêtre arriva à l'heure. C'était un homme d'une quarantaine d'années dont le visage était encadré de boucles aussi foncées que son aube était claire, un être que l'on avait tout de suite envie d'aimer. Son sermon, je n'en ai pas gardé souvenir. Mais lorsqu'il annonça qu'il adressait ses prières à Jean-Pierre, le nom qui était inscrit sur le cahier du jour ainsi que je l'avais demandé, je l'écoutai plus attentivement, envahie de gratitude, avec l'espoir qu'un signe advienne. Nous récitâmes ensuite le *Je vous salue Marie* et le *Notre Père* dont il me manquait quelques mots, et le prêtre nous demanda à chacun si nous avions une prière personnelle à formuler. Oren se taisait. La vieille femme parla de malheureux dont elle s'occupait. L'autre femme parla de sa mère malade. Et je levai la main, presque malgré moi. J'ignorais pour quelle raison, mais il fallait que je le fasse, que je parle, devant tout le monde, de ce qui m'alourdissait le cœur. Je dis que je voulais à nouveau prier pour Jean-Pierre, reprénommé Medhi, mon père mort quatre jours avant qui s'était converti à l'islam et qui se faisait inhumer au Maroc ce jour même, et je dis aussi que je n'avais pas pu faire le voyage. Puis je me tus, parce que mes larmes m'empêchaient d'en dire davantage. Le prêtre me regarda paisiblement, hocha la tête, et nous occupâmes un temps de prière en silence.

Quand la messe s'acheva, je tenais à peine sur mes jambes. Je demandai à Oren d'attendre que tout le monde sorte et j'allai voir le prêtre. C'était une démarche totalement inédite pour moi. Devant cet homme de foi, je me faisais l'effet d'être un imposteur. Mais avant même que je ne prononce un mot, il m'accueillit de la douceur extrême de son regard et me dit, d'une voix enveloppante, « Vous êtes très courageuse ». Je ne voyais pas en quoi j'étais courageuse de ne pas avoir assisté à l'enterrement de mon père, mais je le remerciai de me mettre ainsi en confiance, d'avoir prononcé le mot *courageuse* qui soudain m'en donnait, du courage, et comme à un ami je me mis à lui parler de ma colère, de ma très grande colère contre mon père. Je lui révélai à quel point je lui en voulais. Mais que, maintenant qu'il était mort, je voudrais avoir la force de lui pardonner. C'était cela qui m'avait obsédée pendant la messe, c'était cette idée qui était entrée en moi tandis que j'écoutais le *Notre Père* : « Pardonne-nous nos offenses comme nous pardonnons aussi à ceux qui nous ont offensés. » C'était le mot *pardon* qui m'avait atteinte. Je voulais pardonner, c'est-à-dire me libérer. *Me délivrer du mal.* Je voulais me désaliéner. Pardonner, faire le bien, comme si j'avais eu ce pouvoir, en moi, de me confronter à des capacités divines. Je voulais pardonner, vraiment, soudainement. Était-ce possible ? Je me rendais bien compte que l'état de colère dans lequel je m'étais enfermée entrait en contradiction avec le pardon. Que j'étais défigurée par ma colère. Que je n'étais en aucun cas divine. Mais je me trouvais dans cette église et l'idée du pardon, soudain, m'était venue. Était-ce possible de pardonner des actes qui n'avaient jamais été punis par la loi ? *Pardonner.* Pouvait-on parvenir à réaliser ce prodige alors que le criminel, lui, n'avait expié sa faute ni ne s'était excusé ? Pardonner : cela me paraissait un mouvement de l'âme tellement immense, tellement extraordinaire. En serais-je capable, moi qui avais si peu de foi, qui avais si peu d'amour pour moi-même, qui n'étais que le résidu du mal que l'on m'avait fait et que j'avais voulu faire ? Le *pardon*. Ce mot semblait si pur, si grand. Je venais de le prononcer et je ne connaissais rien de ses arcanes. Pour les catholiques, *le pardon est un acte de la miséricorde divine, il restaure la relation avec Dieu*. Du latin *per* et *donare*, pardonner, donner complètement, remettre. Complètement. Comment faire ? Pour pardonner, en tant que misérable humaine, y avait-il une recette, une formule, une méthode ? Le prêtre sonda mes yeux. Je n'avais rien raconté des détails des événements qui m'avaient désunie de mon père. Pourtant il me parla comme s'il me connaissait intimement, avec simplicité et douceur.

– Le pardon, ça prend du temps, me dit le prêtre. Ce que votre père vous a fait, c'est réel, personne ne pourra jamais l'effacer. On ne peut pas changer ce qui a eu lieu. Mais, avec le temps, peu à peu, vous apprendrez à voir que votre père n'était pas uniquement ce qu'il vous a fait. Vous apprendrez à voir que sa personne se composait d'autres choses. Alors, peu à peu, le pardon adviendra.

Ces mots simples, si tendres et si compassionnels, me pénétrèrent. J'eus la sensation d'une fenêtre qui s'entrouvre, dévoilant la possibilité d'un jardin. Je remerciai le prêtre de toute mon âme, et, de retour chez moi, je m'empressai de noter sa parole dans mon carnet le plus précieux.

Ce soir-là, je me couchai tout contre Oren. En silence, je repensai à cette journée qui, je l'espérais, serait un commencement.

Je n'ai pas pris l'avion pour aller au royaume. Mon père s'y est fait enterrer, sans moi, selon leurs rites. J'ai refusé de me déplacer. J'ai suivi les funérailles à distance, mes frères m'ont envoyé des photos de son cercueil par SMS, ils m'ont décrit la mosquée dans laquelle ils n'ont eu le droit d'entrer qu'à la fin de la cérémonie tandis que je faisais dire une messe à l'attention du mort dans l'église catholique du coin de ma rue dont j'ignorais le nom. Je n'ai pas suivi le cortège funéraire de mon père dans les rues étroites de la ville du royaume, j'ai erré dans les boulevards de Paris jusqu'au cimetière Montparnasse, à deux mille cinq cents kilomètres de celui où son corps était inhumé. Je n'ai pas envoyé de fleurs pour orner sa tombe du royaume, j'ai acheté une rose et l'ai déposée sur la pierre tombale de M.D. & Y.A. que je n'avais jamais rencontrés. Je n'ai pas recueilli les accolades des amis de mon père dont il avait méconnu la langue. J'ai pris la main d'Oren, et j'ai pleuré.

## 20

## LOI DE L'HÉRITAGE

Mais *« le pardon, ça prend du temps »*.
Et ce temps n'était pas encore venu.

Nous nous retrouvâmes chez un notaire parisien, mes frères et moi, quelques jours après l'enterrement. Ils m'avaient rapporté mes livres, *Le Moine*, *Frankenstein* et *Docteur Jekyll et Mister Hyde*, des exemplaires poussiéreux mais ô combien inestimables que je m'empressai de ranger dans mon sac en songeant aux dizaines d'autres ouvrages que je ne pourrais jamais sauver de la bibliothèque en merisier de Marrakech, morceaux de moi perdus. Face à nous, la notaire avait l'allure d'une étudiante sage. Ses cheveux blonds rassemblés en une queue-de-cheval impeccable, elle flottait dans un tailleur gris nuage et je reçus son rictus comme une marque de mépris quand elle annonça qu'elle ouvrait la succession de M. Jean-Pierre Hernandez, comme si elle savait que les chiffres dont il serait question ne monteraient pas très haut. Elle nous remit une liasse de documents à remplir dans lesquels nous devions détailler les numéros de comptes bancaires de notre père et faire la liste de tous ses avoirs, autant d'informations que nous ne possédions pas puisque c'était Asma, au Maroc, qui avait gardé tous les papiers. Nous nous excusâmes d'avoir si peu d'éléments à transmettre, la gêne chauffant nos joues, pris en flagrant délit d'ingratitude, mais ce que nous voulions savoir, surtout, c'était si, en l'absence de testament, nous pouvions récupérer notre part de la maison dont il nous avait, selon nous, dépossédés. Il nous fallait aller au bout de l'exploration de notre exhérédation, savoir si nous avions le droit de contester ce que je persistais à nommer, en mon for intérieur, *cette saloperie.*

Du côté de son bureau en verre, son visage bleuté par une lampe à néon, la notaire ne se départait pas de son sourire gelé. Le patron de cette étude notariale située dans un quartier huppé devait lui confier les dossiers dépourvus d'enjeux, dont personne ne voulait. Dans un langage abscons que nous nous efforcerions ensuite de traduire en faisant des recherches sur Google, elle nous prévint que « la réserve héréditaire n'était pas considérée par la doctrine comme étant d'ordre public international », mais qu'elle allait devoir investiguer avant de pouvoir répondre à nos questions. Il fallait avant tout déterminer si la succession serait régie selon les lois françaises ou marocaines. Cela changerait tout. En France, la « réserve héréditaire » protège les descendants, empêchant les parents, *a priori*, de déshériter leurs enfants. Or, au Maroc, la loi dit qu'un *non-musulman* ne peut pas hériter d'un *musulman*, et en l'absence de *professio juris*, c'est-à-dire d'un document officiel qui attesterait que notre père aurait voulu se conformer aux lois françaises, ce serait cette loi marocaine qui s'appliquerait.

Bien sûr, nous savions qu'il y avait peut-être quelque chose de mal à nous opposer au choix conscient de notre père, à sa volonté de favoriser Asma, de la protéger, elle. Mais un homme qui déshérite ses enfants, cela pouvait-il vraiment n'avoir aucune conséquence ? Je repensais à la tempête terrible qui se déclenche, dans *Le Roi Lear*, après que Lear a déshérité Cordélia, ce que certains analystes nomment sa « faute ». Soudain le monde se retrouve aux prises avec la tyrannie d'un ciel noir, jeté dans le chaos. À travers la question de l'héritage, n'est-ce pas l'ordre du monde que l'on interroge ?

La notaire travailla sur notre dossier quelques semaines, et ce fut par mail qu'elle nous informa avoir obtenu « la confirmation de l'applicabilité de la loi marocaine et la compétence exclusive d'un adoul » pour gérer la succession de notre père. Son explication ronflait de redondance, et on avait l'impression qu'elle jouissait de nous heurter : « D'après le règlement européen, en l'absence de professio juris, la loi applicable est de fait la loi marocaine. Au regard de la moudawana et de la convention franco-marocaine, étant donné que l'épouse de votre père était marocaine, la loi applicable est également la loi marocaine. Aux termes de cette loi, n'étant pas de religion musulmane, vous n'êtes donc pas héritiers de votre père, un non-musulman ne pouvant pas hériter d'un musulman. Cet avis est conforme à la solution indiquée pour notre cas par les cinq CRIDON réunis. » Quelques mois plus tard, nous reçûmes donc l'acte d'hérédité officiel rédigé par l'adoul qui désignait Asma comme unique héritière, « sur le fondement des prescriptions de l'article 332 du Code de la famille portant sur l'absence de vocation successorale entre un musulman et un non-musulman », étant entendu que le défunt converti à l'islam n'avait « laissé ni testament, ni tenzil, ni petits-fils dont le père ou mère serait mort avant lui », et qu'il avait eu « trois enfants non musulmans » qui ne pouvaient pas hériter de lui.

Et maintenant ?

Deux saisons avaient passé.

Le ciel avait changé de multiples fois.

Variations de couleurs, tantôt épiphaniques, tantôt menaçantes.

Mon cœur, tour à tour clair, embrumé.

Étais-je encore minée de fureur ? Étais-je encore une fillette blessée ?

Avais-je encore besoin de déclencher l'orage d'une guerre juridique ?

Mes frères, eux, ne le souhaitaient pas. Si nous décidions de nous opposer à cette succession, les procédures, à l'issue incertaine, risquaient de s'étaler sur des années. Or les garçons n'avaient pas envie de continuer à être retenus plus longuement à leur père, eux aussi voulaient que sa mort soit la fin, une vraie fin, une fin qui signifie fin, confins, frontière, limite, borne, clôture. Tabula rasa. *Finito*. Ils voulaient vivre allégés de cette mort et n'avaient pas l'intention de s'épuiser à agir contre Asma qui, selon eux, n'était qu'une *pauvre femme*, c'étaient leurs mots, une victime qui avait aussi dû subir la perversion de notre père, car il ne fallait pas être naïf, disaient mes frères, ils l'avaient senti, le jour de l'enterrement à Marrakech, à quel point Asma avait dû se soumettre à cet homme raciste et misogyne qu'était notre père à nos yeux, *raciste*, *misogyne*, et en souffrir. Cela s'était vu à la façon dont elle avait tenté de se justifier de l'extrême usure des petits coussins et des canapés de velours et brocart vert royal qui s'effilochaient dans ce salon immense, finissant par avouer que son Midhou chéri avait toujours refusé de les changer, ces petits coussins et ces canapés, par souci d'économie, parce qu'il comptait chaque sou qu'il lui donnait en argent de poche qu'elle devait sans doute mendier, et c'était un détail, ces petits coussins tout râpés, ces canapés effilochés, mais on savait bien de quoi notre père était capable, et mes frères n'en voulaient pas de cette maison enlaidie de lézardes énormes, ils étaient fatigués de ces histoires de religion, de lois, ils avaient compris depuis longtemps que leur père ne les avait pas suffisamment aimés et que cette exhérédation n'était que l'incarnation ultime, et logique, de son désamour. Un enfant peut-il se construire sans amour paternel ? Mes frères n'oublieraient pas chaque heure maudite de leur enfance, mais ils avaient plus de cinquante ans et ils avaient réussi, disaient-ils, à surmonter, à atteindre l'indifférence, du moins avaient-ils besoin de s'en persuader. Heureux, finalement, de ne rien devoir à notre père. Eux aimeraient leurs propres enfants davantage et sans condition, avec l'obsession de devenir de bons pères, des pères différents de notre père : leurs propres enfants auraient un héritage, ils se l'étaient juré. Mes frères laisseraient une somme d'argent bien plus conséquente que ces satanés soixante mille euros à chacun de leurs enfants. Ainsi était la leçon qu'ils avaient retenue : ils voulaient chérir leur progéniture et refusaient de s'enchaîner aux étapes interminables et incertaines d'un procès. Cela dura des semaines, nos échanges, par téléphone, par SMS, par mail, je luttais, encore, je haïssais, je souffrais, mon envie de mourir encore plus forte, mes crises d'angoisse plus impressionnantes, laissant Oren auprès de moi démuni. Parfois, je rêvais que je recevais mon héritage mais que je le refusais, pour avoir l'impression de maîtriser mon destin. Parfois je l'acceptais, pour mieux le redistribuer aux pauvres, aux enfants blessés. Parfois on a, comme ça, besoin de se donner le beau rôle. Et peut-être que tout ce temps de lutte et de rêve et de pleurs était celui nécessaire au deuil. Cet argent que mon père n'avait pas voulu nous transmettre, cet argent n'aurait, de toute façon, jamais pu se transformer en l'amour qu'il ne nous avait pas donné.

Cependant, si mes frères avaient fait leur chemin, le mien était encore empierré, et je ne pus m'empêcher de solliciter un avocat marocain pour obtenir un second avis, encore persuadée que l'acte d'hérédité reposait sur une affirmation fausse – que feu M. Hernandez n'était pas *vraiment* musulman, qu'il n'avait pas la foi, qu'il me l'avait répété à de nombreuses reprises, qu'il n'avait jamais eu l'intention de respecter les piliers de l'islam, qu'il mangeait et buvait de l'alcool pendant le ramadan, qu'il dévorait de la cochonnaille à chaque repas et n'avait jamais envisagé, même en rêve, de faire le pèlerinage à La Mecque, qu'il aurait même pu être accusé du crime d'apostasie. D'ailleurs, sa conversion n'avait duré que quelques minutes, « un acte banal », m'avait-il dit. Mais l'avocat m'interrompit. Il m'avait écoutée avec attention, ses mains fines sagement posées sur son bureau, son visage doux m'invitant à lui faire confiance. Son regard brun m'enveloppa, et, dans un sourire, il m'expliqua qu'on ne pouvait rien déduire de cette pratique de conversion, effectivement différente des autres religions monothéistes. Pour se convertir au judaïsme, la démarche pouvait paraître décourageante, cela prenait parfois des années. Pour se convertir au catholicisme, le parcours était moins contraignant mais nécessitait le suivi d'un enseignement, de multiples rencontres. Mais pour devenir musulman, il fallait simplement réciter la chahada et énoncer les cinq piliers de l'islam devant témoins. « *Une conversion à l'islam se constate*, me dit l'avocat, *parce que Allah – qu'Il soit béni dans Sa clémence et dans Sa miséricorde – Allah sait et oriente qui Il veut dans le droit chemin.* » Et alors que je répétais que mon père ne croyait en rien du tout, cet homme, avec ses yeux vifs que l'on avait envie d'aimer, finit par me répondre : *« Qu'est-ce que vous en savez, de la sincérité de la foi de votre père ? Seul Allah peut lire dans les cœurs.* » À l'heure de sa mort, Medhi Hernandez s'était peut-être mis à croire avec ferveur, à prier pour que sa vie se prolonge au ciel, et je fus bien obligée d'admettre que, de sa sincérité, je n'en savais rien. L'avocat, lui, supposait que mon père n'avait peut-être pas eu l'intention de me blesser, que lui-même avait son propre rapport douloureux au monde, et il me confia qu'une des dimensions qui le touchait le plus, dans sa religion, était que chaque croyant était appelé à faire appel à sa raison pour faire ses choix. *« Allah a rendu chaque être humain responsable de sa destinée »*. Le mot *responsable*. Cet homme s'adressait à moi avec tendresse, comme s'il avait envie de m'offrir la richesse entière de son islam à lui, et je le remerciai de sa tentative d'apaisement. Je n'en mesurais pas encore le sens entier, mais j'eus envie de recevoir ce mot, *responsable*, comme une nouvelle fenêtre, un nouveau jardin possible. Le soir, je notai cette parole dans mon carnet le plus précieux.

Si notre père ne s'était pas converti, s'il ne s'était pas expatrié au Maroc, aurait-il agi différemment ?

Nous n'en avions pas la preuve, mais, avec mes frères, nous avions la conviction qu'il nous aurait pareillement déshérités en France, qu'il aurait trouvé un moyen. Que ce n'était pas une question de religion. Sa volonté avait été simplement plus facile à exécuter au royaume. Dans l'esprit de notre père, l'équation semblait avoir été claire. Lui-même n'avait reçu aucun héritage matériel et s'en était bien sorti dans la vie. Son argent, il avait le droit de le dépenser comme il l'entendait au nom de son bon plaisir. Nous, nous étions des ingrats. Asma, elle, avait été aimante. Peut-être même que, ce qu'il aurait voulu que l'on découvre, à sa mort, c'était l'altruisme rédempteur dont il avait fait preuve à l'égard de son épouse qu'il était certain d'avoir aimée, et dont il était certain d'avoir été aimé en retour.

Enfin, je me ralliai à la décision de mes frères.
Ne pas m'aliéner.
Ne pas m'épuiser.

Je me rangeai du côté des non-héritiers.

Du côté de ce monde inégalitaire qui m'apparaissait avec encore plus d'acuité. Car si je regardais autour de moi la société bourgeoise au sein de laquelle j'évoluais avec Oren, faite d'artistes, d'intellectuels, d'ingénieurs, il était certain que la plupart des gens que nous fréquentions étaient des héritiers. Alors que, quand je marchais dans les rues de Montreuil, quand je parcourais les quartiers démunis de n'importe quelle cité, je ne croisais que des non-héritiers. C'étaient des non-héritiers qui dormaient dans la rue, faisaient la queue devant les restaurants d'aide populaire, demandaient des allocations, s'épuisaient à accomplir tous ces actes qu'accumulent les gens précaires, selon cette réalité d'injustice qui perdure depuis des siècles. En France, un tiers de la population n'hérite de rien. Peut-on continuer de considérer la transmission du patrimoine matériel comme un acte d'amour d'un parent pour ses enfants, comme un acte moral ? Des révolutionnaires n'avaient-ils pas, un jour, voulu abolir tout héritage afin de mieux répartir les richesses ? Je m'intéressai aux sociologues, aux politologues et aux philosophes qui réfléchissaient au concept d'héritage universel. Si, à la naissance, chacun héritait d'une même somme qui lui permette d'accéder à un logement, de faire des études, la misère une fois pour toutes éradiquée, le monde ne serait-il pas moins inhumain, plus harmonieux, toute violence amoindrie, plus vivable ? Aucun dirigeant n'avait le courage de prendre ce genre de décision. Les inégalités se perpétuaient. Ma tristesse se perpétuait.

« *Mais je t'ai beaucoup donné, Carina,* avait dit mon père. *Tu n'as jamais manqué de rien.* »

Était-ce cette affirmation qui me permettrait de relever la tête ?

Je devrais l'admettre : parmi les non-héritiers, je me rangeais du côté des privilégiés. Je n'avais jamais connu la pauvreté. J'avais eu accès à de nombreux livres. J'avais suivi des études choisies par passion. Je n'étais pas condamnée à mendier.

Et puis, j'avais l'écriture.

## 22

## LES FENÊTRES

*« Peu à peu, Carina.*

*Peu à peu, vous apprendrez à voir que votre père se composait de bien d'autres choses. Alors le pardon adviendra. »*

Je repensais à ces mots lorsque, chaque matin, je me mettais à écrire – en espérant parvenir à voir *autrement.*

Puisque, désormais, je n'avais plus peur qu'il me lise.

De son regard, je n'avais presque plus peur.

*Peu à peu*, je parvins à achever mon roman. Cette évocation clair-obscur d'une *mater dolorosa* retranscrite au plus juste de mes propres confrontations avec le mal. L'écriture, c'était cette expérience émotionnelle là. Cette expérience spirituelle là. Et c'était cette résurrection maternelle là. Un roman que je ferais paraître en le signant du nom que je me serais choisi. Il ne serait pas question d'utiliser son patronyme : la rupture devait aussi s'accomplir par le nom. Je le publierais en mon nom à moi, ce texte, comme une façon de renaître.

*Peu à peu*, je commencerais un nouveau roman. Par respect pour ma profonde nécessité, *écrire* – mener cette aventure qui me permettrait, peut-être, d'accéder à ce qui jusqu'ici m'était resté caché. Puisque l'écriture est une exploration. Puisque l'écriture interroge. Puisque l'écriture dévoile. Ce qui n'est pas la même chose que de donner des réponses. L'écriture ne fige aucune croyance. Elle oriente les faisceaux. Éclaire les questionnements. Et j'explorerais, et je questionnerais, ce dont je pensais avoir manqué, en chemin. Je fouillerais. Jusqu'à *voir*, peut-être, qu'il n'y avait pas eu, dans l'enfance, que des gestes violents. Jusqu'à retrouver les accolades chaleureuses, les regards pleins de fierté. Jusqu'à déblayer les noirceurs. Non pas les effacer. Les effacer eût été impossible. Il fallait au contraire continuer à avoir conscience des crimes afin d'éviter, plus que tout, qu'ils ne se reproduisent. Les regarder en face, ces crimes – ne jamais les oublier. Les archiver, enfin, pour qu'ils ne prennent plus toute la place. Libérer de l'espace pour les souvenirs heureux, d'où qu'ils viennent. Ainsi découvrir un ciel de ressources. Les ressources de la tendresse. De la douceur. De la consolation. Un ciel bleu. Bleu comme un tableau d'Yves Klein, peut-être, une représentation sensible de l'âme. Beau comme une œuvre d'art devant laquelle venir prier, les jours de gouffre.

*Peu à peu.*

Est-ce que mon père m'aimait ? Est-ce que je l'aimais ?

Je n'avais pas la foi, j'étais athée, et j'étais peut-être devenue agnostique. L'agnostique est celui qui dit « je ne sais pas ». Je ne savais pas si nous nous étions aimés. J'aimerais croire que oui. Même si cet amour n'avait duré que quelques instants, quand il avait été là pour moi et que j'avais été là pour lui, quelques lueurs. Peut-être ai-je *besoin de croire* en ce oui, sans que cette foi ne soit liée à une religion. Besoin de croire qu'une dimension d'amour existe, plus grande, plus forte que nous, capable de nous relier, de nous élever, de nous guérir, et dont nous avons la possibilité en chacun de nous.

*Il me faudrait l'écrire pour m'assurer que c'est possible.*

Soudain, en plein hiver, l'appartement de Montreuil me semblerait minuscule.

– Il manque une pièce, dirais-je à Oren.

Bientôt je lui proposerais de déménager. Bientôt nous habiterions un nouvel endroit au loyer duquel je participerais. Indépendante, femme, *responsable* de ma vie, bientôt, je n'aurais plus honte.

*Prête pour t'accueillir et t'aimer, mon enfant.*

Bientôt je regarderais Oren, et au sujet de cet amour-là, *notre amour*, je n'aurais aucun doute. Il me montrerait les plans de son nouveau projet de logements. Chaque appartement posséderait de larges baies vitrées, cette fois, révélatrices d'horizons. J'aurais envie d'y emménager.

*Je ne sais pas si j'y parviendrai, jusqu'au pardon.*

J'aurais envie que mes prochains écrits, parfois, comme des fenêtres, s'ouvrent sur des brillances d'espérance.

## Quelques sources

WILLIAM SHAKESPEARE, *Le Roi Lear,* traductions d'Armand Robin (Flammarion, GF, 2014), d'Yves Bonnefoy (Gallimard, coll. « Folio Classique », 2016) et de Jean-Michel Déprats (Gallimard, coll. « Bibliothèque de La Pléiade », 2002).

HUBERT SELBY, JR., *Psaumes*, traduction de Barbara Smith, Imho, 2004.

SIMONE WEIL, *Attente de Dieu*, Albin Michel, coll. « Spiritualités vivantes », 2016.

TADAO ANDŌ, *Pensées sur l'architecture et le paysage*, traduction de Yann Nussaume et Carine Cheval, Arléa, 2014.

YVES KLEIN, *L'Évolution de l'art vers l'immatériel*, Allia, 2020.

LOÏC LE PAPE, *Une autre foi. Itinéraires de conversions religieuses en France, juifs, chrétiens, musulmans*, Presses Universitaires de Provence, 2015.

PIERRE HADOT, article « Conversion », *Encyclopædia Universalis* – où l'on trouve le travail sur l'étymologie du mot *conversion*.

« QUESTIONS D'ISLAM » et « CULTURES D'ISLAM » sur France Culture – deux séries d'émissions proposant une riche bibliographie sur l'islam.

# Références des citations

Simone Weil, *Attente de Dieu*, 1966 – © Librairie Arthème Fayard

Yves Klein, *Dépassement de la problématique de l'art et autres écrits*, 2003 – © Éditions ENSBA

William Shakespeare, *Le Roi Lear*, trad. Jean-Michel Déprats, 2002 – © Éditions Gallimard

William Shakespeare, *Le Roi Lear*, trad. Yves Bonnefoy, 2016 – © Éditions Gallimard

William Shakespeare, *Le Roi Lear*, trad. Armand Robin, 2014 – © Flammarion, 1995. Traduction librement retranscrite par Caroline Dorka-Fenech

Hubert Selby Jr, *Psaumes*, trad. Barbara Simth, 2004 – © 2004 Éditions IMHO

Yann Nussaume, *Tadao Andō : Pensées sur l'architecture et le paysage*, 2014 – © Éditions Arléa

## Remerciements

Je remercie chaleureusement Marie Leroy, mon éditrice, Séverin Cassan, Valérie Beuf, Annie-Laurie Clément, Cédric Canoville, et toutes les équipes attentives des éditions de La Martinière Littérature, de Média Diffusion et de La Bande. Mes amis Laureline Amanieux, Michel Spinosa, Jérémy Derny-Bousquet, Laila Tahar, sans oublier Jeanne Pois-Fournier. Amandine Delaunay, qui signe la belle illustration du bandeau. Enfin, merci pour toujours à David Fenech et à Anouk, notre enfant.

# La collection RUBIS

La littérature est le sang qui nous bat dans les veines. Elle est notre respiration, notre élan vital. Le rubis, reine des pierres précieuses, est le symbole de ce feu inextinguible qui embrase tous nos écrivains depuis la création de notre collection, en 2017.

Littérature comme courage de dire ;

Littérature comme sincérité du partage ;

Littérature comme fascination des histoires ;

Littérature comme singularité des voix.

La collection Rubis ne publie que les livres qui ont provoqué un choc, une émotion de vie, un arrêt de l'existence sur une phrase.

Un feu inextinguible.

## Dans la collection Rubis

*Journal de guerre*
Mario Vargas Llosa

*Le Château des trompe-l'œil*
Christophe Bigot

*Les Chiens de faïence*
Thomas Louis

*La Pâqueline ou les mémoires d'une mère monstrueuse*
Isabelle Duquesnoy

*Rosa dolorosa*
Caroline Dorka-Fenech

*Avant les diamants*
Dominique Maisons

*Rhapsodie des oubliés*
Sofia Aouine

*Le Temps d'une allumette*
Agathe Chenevez

*La Redoutable Veuve Mozart*
Isabelle Duquesnoy

*La Massaia*
Paola Masino

*L'Embaumeur ou l'odieuse confession de Victor Renard*
Isabelle Duquesnoy

*Les Panthères grises*
Patrick Eudeline

*Mademoiselle, à la folie !*
Pascale Lécosse

*Des nouvelles de l'amour*
Nicolas Rey

La Martinière Littérature s'engage à imprimer ses livres en France pour réduire la production de $CO_2$ ; à imprimer sur du papier PEFC qui garantit une gestion durable des forêts ; à ne faire appel qu'à des imprimeurs appliquant la charte Imprim'vert. La certification Imprim'vert impose la collecte et l'élimination des déchets en conformité avec la réglementation, un suivi régulier des consommations d'énergie et interdit l'utilisation de produits toxiques.

En France, un livre a le même prix partout. C'est le « prix unique du livre » instauré par la loi de 1981 pour protéger le livre et la lecture.

L'éditeur fixe librement ce prix et l'imprime sur le livre. Tous les commerçants sont obligés de le respecter.

Que vous achetiez votre livre en librairie, dans une grande surface ou en ligne, vous le payez donc au même prix.

Avec une carte de fidélité, vous pouvez bénéficier d'une réduction allant jusqu'à 5 %, applicable uniquement en magasin. Si vous payez moins cher, c'est que le livre est d'occasion.